基金项目：黑龙江省教育厅2017年度科研备案项目（青年学术骨干项目）“E.M.福斯特的自由－人文主义思想研究”（编号：1352MSYQN005）的阶段性成果；牡丹江师范学院2017年度科研项目（博士科研启动基金项目）“E.M.福斯特的边缘写作研究”（编号：MNUB201605）的阶段性成果

2017年度黑龙江省社会科学学术著作出版资助项目

E. M. 福斯特的边缘写作研究

焦玲玲　著

北京大学出版社
PEKING UNIVERSITY PRESS
黑龍江大學出版社
HEILONGJIANG UNIVERSITY PRESS

图书在版编目（CIP）数据

E.M. 福斯特的边缘写作研究 / 焦玲玲著． -- 哈尔滨：黑龙江大学出版社；北京：北京大学出版社，2017.11（2022.2 重印）
ISBN 978-7-5686-0173-3

Ⅰ．①E… Ⅱ．①焦… Ⅲ．①福斯特（Forster, Edward Morgan 1879-1970）－小说创作－文学创作研究 Ⅳ．①I561.074

中国版本图书馆 CIP 数据核字（2017）第 272711 号

E.M. 福斯特的边缘写作研究
E.M.FUSITE DE BIANYUAN XIEZUO YANJIU
焦玲玲　著

责任编辑　杨琳琳
出版发行　北京大学出版社　黑龙江大学出版社
地　　址　北京市海淀区成府路 205 号　哈尔滨市南岗区学府三道街 36 号
印　　刷　三河市春园印刷有限公司
开　　本　787 毫米 ×1092 毫米　1/16
印　　张　9.75
字　　数　140 千
版　　次　2017 年 11 月第 1 版
印　　次　2022 年 3 月第 2 次 印刷
书　　号　ISBN 978-7-5686-0173-3
定　　价　30.00 元

前　　言

E. M. 福斯特(Edward Morgan Forster,即爱德华·摩根·福斯特,1879—1970 年),20 世纪英国知名的作家和文学评论家,其生活的特定环境使他开始了边缘写作,并产生了对和谐社会的渴望,他的这一思想充分体现在了他创作的主题“唯有联结”上,即边缘写作通过“联结”寻求和谐。本书以福斯特的六部长篇小说即《天使不敢涉足的地方》(*Where Angels Fear to Tread*,1905 年)、《最漫长的旅程》(*The Longest Journey*,1907 年)、《看得见风景的房间》(*A Room with a View*,1908 年)、《霍华德庄园》(*Howards End*,1910 年)、《印度之行》(*A Passage to India*,1924 年)、《莫瑞斯》(*Maurice*,1914 年完成,在他去世后第二年即 1971 年出版)以及小说理论研究专著《小说面面观》(*Aspects of the Novel*,1927 年)为文本,分析福斯特边缘写作的成因、福斯特思想的边缘性和小说理论研究的边缘性,探究其作为边缘中产阶级通过“联结”来寻求和谐的边缘写作。结合福斯特生活和创作的 20 世纪初资本主义的经济、政治和文化的困境,参照作家传记批评、文本分析、小说理论研究、精神分析法、生态女性主义、互文性、比较哲学以及文化人类学等视角,对福斯特的边缘写作做出全面的阐释,并分析其在新时期所具有的意义。

本书由绪论、正文和结论三部分组成。绪论部分对边缘写作的界定、文献综述、福斯特边缘写作的研究目的与意义以及本书的研究方法、研究内容和主要创新点做了较为深入的阐释。正文分为四章:第一章对福斯特边缘写作形成的社会、文化、家庭等因素进行了深入的探究,具体来说包括他童年的生活、与母亲的关系、所受的教育以及他所处时代的社会、文化和历史背景等。第二章探究福斯特思想的边缘性。第三章探究福斯特小说理论研究的边缘性。第四章探究福斯特的自由－人文主义“联结观”，即边缘中产阶级形象通过与艺术、文化、宗教和自然的“联结”来寻求和谐。结论部分对福斯特的边缘写作做出总体评价。

福斯特致力于边缘写作，虽然出身社会上层阶级，却致力于反映整个社会尤其是边缘中产阶级形象，反映女性的生活状态和社会现实，后期更是反映民族问题和同性恋公平的权利，但有别于强硬的反中产阶级作家，福斯特是温和的边缘中产阶级作家，其边缘写作通过“联结”来寻求和谐，秉持着自由－人文主义思想。福斯特在解决人与人之间的矛盾以及实现人与人、人与自然、人的物质生活和精神生活和谐的途径问题时体现了其自由－人文主义爱与和谐的思想意识，这种和谐的思想意识对世界各民族希望建立一个和平共处、相互尊重、和谐发展的世界家园的美好理想具有一定的启示作用。

目 录

绪 论 …… 1
第一节 福斯特和他的作品 …… 1
第二节 边缘写作的界定 …… 3
第三节 关于福斯特的研究成果 …… 4
第四节 本书的研究方法与主要内容 …… 29

第一章 福斯特边缘写作的成因 …… 31
第一节 英国维多利亚时代和爱德华时代的社会背景 …… 31
第二节 剑桥大学与布鲁姆斯伯里 …… 35
第三节 家庭因素 …… 40

第二章 福斯特思想的边缘性 …… 44
第一节 福斯特性爱观的边缘性 …… 44
第二节 福斯特宗教观的边缘性 …… 53
第三节 福斯特教育观的边缘性 …… 60
第四节 福斯特社会观的边缘性 …… 66

第三章　福斯特小说理论研究的边缘性 ………… 75
第一节　福斯特对小说理论研究相关概念的界定 …… 75
第二节　以读者为中心的小说理论研究体系 ………… 81
第三节　小说理论研究坚持以文本细读为中心 ……… 84
第四节　心灵介入的文学创作理论 ………………… 86
第五节　小说理论研究应摒弃原则和体系的镣铐 ………………………………… 89
第六节　追寻“形式美”与“言外意”的联结 ……… 91
第七节　小说理论研究作用“悲观论” …………… 94

第四章　福斯特的边缘自由－人文主义“联结观” ………………………… 97
第一节　边缘中产阶级形象通过“联结”寻求和谐 ………………………………… 97
第二节　与艺术“联结”寻求和谐 ……………… 103
第三节　“联结”不同的文化与宗教寻求和谐 ……… 105
第四节　与自然“联结”寻求和谐 ……………… 115
结　论 ………………………………………… 122
参考文献 ……………………………………… 126

绪　论

第一节　福斯特和他的作品

福斯特是英国著名的作家和文学评论家，被认为是20世纪英国最伟大的作家之一，在英国乃至世界文学史上占有重要地位。随着20世纪末、21世纪初经济、政治和文化发展，后现代主义、后殖民批评兴起以及其长篇小说陆续被改编成电影，福斯特在新时期愈加引起人们的关注。

福斯特曾在1953年接受采访时说："我后悔没再多写一点。"在福斯特长达91年（1879—1970）的生涯里，一共创作了六部长篇小说，集中在1905年—1924年这二十年左右的时间，即英国的爱德华时代和乔治五世时期，分别是《天使不敢涉足的地方》（1905年）、《最漫长的旅程》（1907年）、《看得见风景的房间》（1908年）、《霍华德庄园》（1910年）、《莫瑞斯》（1914年完成，在福斯特去世后于1971年出版）和《印度之行》（1924年）。其中《霍华德庄园》被认为是其最为成熟的作品，《印度之行》被认为是其最具代表性的作品。

虚构类作品包括：两部单独出版的戏剧《阿宾哲历史剧》（*Abinger Pageant*，1934年）、《英格兰的怡人之地》（*England's Pleasant Land*，1940年）和几部收录在《来生》中的戏剧作品；一部电影剧本《蒂莫西日记》（*A Diary for Timothy*，1945年）；一部合作改编的舞台剧《比利·巴德》（*Billy Budd*，1951年）；三部小说理论研究《小说面面观》（*Aspects of the Novel*，1927年）、身后出版的《文学中的女性备忘录》（*The Feminine Note in Literature*，

2001年)和未出版的《作为批评家的创造者及其他书写》(*The Creator as Critic and Other Writings*);两部散文集《阿宾哲收获集》(*Abinger Harvest*,1936年)和收录了他在战争期间及战后发表的杂文、评论和演讲的《对民主的两声欢呼》(*Two Cheers for Democracy*,1951年);三部游记《亚历山大城:历史与指南》(*Alexandria: A History and Guide*,1922年)、《法罗斯灯塔》(*Pharos and Pharillon*,1923年)和《戴维山和其他印度书写》(*The Hill of Devi and Other Indian Writings*,1953);两部传记《高尔斯华绥·洛尔斯·迪金森》(*Goldsworthy Lowes Dickinson*,1934年)和《玛丽安·桑顿(1791—1887年):一部家族传记》(*Marianne Thornton*,1791-1887: *A Domestic Biography*,1956年);由玛丽·拉戈(Mary Lago)收集编选,身后出版的《信件选》(*Selected Letters*,1983—1985年)、《摘录簿》(*Commonplace Book*,1985年)及收藏于剑桥大学国王学院的《秘密日记》(*Locked Diary*,2007年)。目前英语世界较为完整的福斯特作品集为阿宾哲版本(The Abinger Edition),企鹅书屋(Penguin House)亦有较多福斯特作品出版。其中阿宾哲版本由罗德·蒙汉(Rod Mengham)作序,目前已出版福斯特全集12册。福斯特从1932年开始定期在英国广播公司发表评论,涉及文学、文化与社会等方面。2008年这些演说经过整理和挑选,由玛丽·拉戈、琳达·K.休斯(Linda K. Hughes)及伊丽莎白·麦克劳德·沃尔斯(Elisabeth Macleod Walls)编辑,由福斯特著名的传记作者菲利普·尼可拉斯·法班克(Philip Nicholas Furbank)作序,共70篇在美国结集出版。

20世纪80年代末至90年代初,福斯特的《印度之行》、《看得见风景的房间》、《莫瑞斯》、《天使不敢涉足的地方》和《霍华德庄园》分别被改编成电影。英国知名导演詹姆斯·伊沃里拍摄了"福斯特三部曲",即《看得见风景的房间》、《墨利斯的情人》(即《莫瑞斯》)和《霍华德庄园》。1984年,英国著名导演大卫·里恩拍摄的福斯特的代表作《印度之行》上映并获得了多项大奖。英国导演查尔斯·斯托瑞奇拍摄了电影《伦敦落雾》(即《天使不敢涉足的地方》),英国影坛掀起了一股"福斯特"热,引发各界的关注与重新阐释。

福斯特作为知名小说家，其作品有很长一段时间只流传于知识分子读者中间，并没有真正畅销过，直到其长篇小说被陆续地改编为电影，大众才重新关注福斯特。《英国文学简史》评价福斯特创作的目的就是要讨论道德和价值观问题，反映了那个时代英国人的所思、所感与所虑。[①] 作为英国中产阶级知识分子的代表，福斯特亲历了多种文化的冲突与融合，边缘写作始终关注人们之间的关系，抨击英国中产阶级的弊端，寻求心灵的和谐。在新时期，探寻福斯特致力于寻求和谐的边缘写作具有特殊意义。

第二节　边缘写作的界定

一般来说，中心指经过多年的发展形成的一个有序、理性的发展环境，被认定为一种必然的状态。边缘往往是相对于中心而言的，即远离中心的部分。地理学上是指边沿、边缘的部分；社会学上是从在社会分化的理论系统结构中所处的位置与地位进行描述的；文化层面上边缘是相对于中心文化而言的，边缘文化更能体现出文化的交流和包容，并能孕育和促进新生事物的诞生。

边缘写作，是相对于中心写作的一种写作站位和写作状态。边缘写作听命于自己的生命体验，追求的是超越政治的人类关怀和人性探索。[②] 边缘写作相对于中心写作而言，指的是写作完全服从于自己的内心，按照自己的意愿，不以任何其他事物为转移，实现个性化书写。即边缘写作只追随自己的心灵体验，写能最真实地反映其内心的文字，而不受任何其他事物的影响。边缘写作关注的文化处于同一时代的文化背景中，不能融入主流文化体系，与中心文化的社会成员存在着一定的社会距离，并伴随着精神上的追求和迷茫。

---

① 参见李建波：《跨文化障碍的系统研究：福斯特国际小说的文化解读》，载《外国文学评论》2000 年第 4 期，第 125 页。

② 刘心武：《谈边缘写作》，载《中国现代文学论丛》，2010 年第 3 期，第 16、17 页。

巴塔耶(Bataille)于20世纪20年代提出了边缘人概念,认为边缘人是一系列远离常规生活方式的艺术家、社会贱民、妓女、流氓无产者、疯人、造反者、革命者等,提出了边缘人的异质成分。社会学家罗伯特·帕克同样提出边缘人是没有文化归属并处于文化边缘的人群。边缘人是与社会格格不入的,是不被主流接受和理解的,是游离于主流群体之外的少数人群,既不愿意和过去告别,也没办法融入新的社会和社交圈子。

福斯特作为具有恋母情结和隐匿同性恋身份与精神特质的成长于维多利亚时期的英国精英中产阶级知识分子的代表,性爱观、宗教观、教育观和社会观都与主流思想相对立,塑造的边缘人形象大多为游离于主流社会之外的边缘中产阶级,是被训诫与规劝的对象。但福斯特的边缘写作有别于强硬的反中产阶级作家,是温和的并通过其自由-人文主义联结观来寻求和谐的。

第三节　关于福斯特的研究成果

福斯特的创作处于世纪之交。福斯特在学界享有很高的声誉,美国文艺学院至今仍设有爱·摩·福斯特奖(E. M. Forster Award)。

一、国外对福斯特的研究现状

国外针对福斯特及其作品的研究起步较早。对福斯特的批评与研究在其同时代只在少数知识分子之间流行:艾·阿·理查兹(I. A. Richards)认为福斯特很令人费解,约翰·塞耶·马丁(John Thayer Martin)认为福斯特是使读者感到困惑的作家,伍尔夫(Woolf)发现福斯特的作品中有某些令人迷惑、躲闪的东西,甚至当时的英美学界主流认为他终将被历史遗忘。相对于生前少量的文学创作,福斯特去世后国外研究界陆续出版了多部关于福斯特生平和创作的资料,加德纳(Gardiner)称之为"福斯特小说评论的倒金字塔现象"。直到新时期,福斯特的长篇小说陆续被改编成电影和后现代语境兴起,为其被重新解读提供了重要契机。

对福斯特及其创作的评价也呈两极分化的状态。批评者认为他局限于中产阶级文化身份，是温和的寻求和谐的边缘作家。布鲁姆斯伯里文化圈的曼斯菲尔德（Mansfield）讽刺了福斯特的中庸和保守——“他从没有比暖上小茶壶更深刻过”，并质疑了《霍华德庄园》中的未婚先孕情节——“我永远搞不大清楚造成海伦怀孕的究竟是伦纳德·巴斯特还是他那把落下的破伞”。D. H. 劳伦斯（D. H. Lawrence）探讨了福斯特在《霍华德庄园》中物质追求和精神追求之间的关系，认为其过度美化了生意人。英国文学批评家F. R. 利维斯（F. R. Leavis）认为福斯特的《霍华德庄园》的反抗过于哗众取宠和蹩脚，他对福斯特持批评态度，质疑福斯特提出的“联结”，认为他这是“对知识分子的背叛”。

赞同者主要来自福斯特的剑桥大学和布鲁姆斯伯里友人。福斯特作为英国的代表作家，他的作品被收入《诺顿英国文学选集》（*The Norton Anthology of English Literature*），同时他也受到了戴维·布莱德肖（David Bradshaw）、伊舍伍德（Isherwood）、戴维·洛奇（David Lodge）和T. E. 劳伦斯（T. E. Lawrence）的关注和赞赏。1971年评论家莱昂内尔·特里林（Lionel Trilling）出版专著《E. M. 福斯特》（*E. M. Forster*），关注了福斯特的生平和创作，并认为福斯特的作品让人百读不厌，而且每次阅读过后都能够有所收获，同时他也评价了福斯特的《霍华德庄园》和《印度之行》，认为《霍华德庄园》是福斯特创作成熟的标志，赋予了深刻的内涵和主题，而《印度之行》是福斯特创作的最为轻松的一部作品。伍尔夫是福斯特研究者中最具有代表性的一位。伍尔夫认为福斯特的创作中有些“令人迷惑的、躲闪的东西”，把他归入乔治时代并认为他是现代主义文学的先锋和代表。伍尔夫说道：“在开始之前我做个澄清，我建议把爱德华时代和乔治时代分为两个阵营：威尔斯先生、贝内特先生以及高尔斯华绥先生，我称为爱德华时代；福斯特先生、劳伦斯先生、斯塔西先生、乔伊斯先生以及艾略特先生，我称为乔治时代。”①另一方面她认为福斯特是“最易受时间侵害”的作家之一。在《本涅特先生和布朗太太》(*Mr. Bennett and Mrs. Brown*)中伍尔夫对福斯特的《小说面面观》提出了自己的观点,认为福斯特的创作是说给灵魂听的,即有布道者的优点也有艺术家的创作冲动,与此同时伍尔夫也看到了福斯特边缘写作的不彻底性,即福斯特试图通过死亡来逃避现实,是温和的寻求和谐的边缘创作者。

20 世纪 60 年代是福斯特研究的一个重要转折点。之前国外学界认为福斯特的创作展现了英国维多利亚时期和爱德华时期的社会生活,作品中充满了他对当时社会问题的思考。20 世纪 60 年代后现代、后殖民主义理论兴起,福斯特及其创作受到了批评家的重新关注与阐释,1967 年乔治·H. 汤普森(George H. Thompson)发表专著《E. M. 福斯特的小说》(*The Fiction of E. M. Forster*),分析了福斯特的生平和创作。1979 年 P. N. 弗班克(P. N. Furbank)《E. M. 福斯特的一生》(*E. M. Forster:A Life*)分析了福斯特的人生经历对他创作的影响。1981 年约瑟夫·布里斯托(Joseph Bristow)的《反女性氛围的滥觞:论福斯特小说中的困境》(*Against Effeminacy: the Sexual Predicament of E. M. Forster's Fiction*)探讨了福斯特小说中的隐匿的对性的疑问和困惑。1982 年约翰·巴彻勒(John Bachelor)发表了《爱德华时期的小说家研究》(*The Edwardian Novelists*),分析了爱德华时期作家也是福斯特所具有的文学创作共通的艺术特征。1983 年—1985 年《福斯特书信集》陆续出版,福斯特的《霍华德庄园》被《英国现代主义文学名著》认定为英国现代主义文学名著。1985 年戴维·道林(David Dowling)出版了专著《布鲁姆斯伯里美学观对伍尔夫和福斯特的影响》(*Bloomsbury Aesthetics and the Novels of Forster and Woolf*),具体地分析了布鲁姆斯伯里对伍尔夫和福斯特文学创作的影响。1994 年尼古拉·博曼(Nicola Beauman)出版了《福斯特传》(*E. M. Forster:A Biography*),提供了一份更为翔实的福斯特研究资料。1995 年

① Virginia Woolf:*Character in Fiction*, rep. in The Essays of Virginia Woolf, ed. Andrew McNeille, vol. III, Hogarth Press, 1988, p. 421.

玛利·雷戈(Mary Lago)出版了专著《福斯特的文学生涯》(*E. M. Forster: A Literary Life*),具体地分析了福斯特的文学创作历程。1997年布赖恩·梅(Brian May)出版了专著《现代主义和实用主义——福斯特及其自由人文主义的命运》(*The Modernist as Pragmatist E. M. Forster and the Fate of Liberalism*),分析了福斯特的自由-人文主义思想的传承及其在新时期的发展。1999年亚瑟·马兰(Arthur Martland)出版了《爱·摩·福斯特:散文和激情》(*E. M. Forster: Passion and Prose*),具体地分析了福斯特在其文学创作中所蕴藏的情感因素。

2002年昆廷·贝利(Quentin Bailey)出版了专著《英雄和同性恋者——福斯特作品中教育和帝国》(*Heroes and Homosexuals: Education and Empire in E. M. Forster*),书中分析了福斯特作品中的同性恋形象和公学制培养的殖民者。2005年帕米德·巴克什(Parminder Bakshi)出版了专著《福斯特的政治欲望在印度的体现》(*The Politics of Desire: E. M. Forster's Encounters with India*),具体地分析了福斯特在《印度之行》中隐匿的帝国意识和霸权主义。2006年克里斯坦森(Timothy Christensen)出版了专著《福斯特〈印度之行〉中的白人至上和文化差异研究》(*Bearing the White Man's Burden: Misrecognition and Cultural Difference in E. M. Forster's A Passage to India*),分析了后殖民主义视角下福斯特作品中隐匿的帝国主义思想。2007年戴维·布莱德肖出版了《福斯特所受剑桥大学的影响》(*The Cambridge Companion to E. M. Forster*),书中分析了剑桥大学的思想和文化对福斯特及其文学创作的影响。2008年密苏里大学出版社出版了《1929—1960年福斯特BBC访谈全集》(*The BBC Talks of E. M. Forster*, 1929-1960),为后来的福斯特研究提供了更加翔实的材料。

综上所述,国外对福斯特的研究主要是从关注作家或作品的角度入手,关注福斯特作品中的手法、风格、语言或福斯特的国别、性别、阶级及其人文主义思想或自由-人文主义联结观,对其边缘写作关注得极少。

二、国内对福斯特及其作品的译介

因为与徐志摩、萧乾、叶君健等人的交往，福斯特较早就与中国文学界有交集。1921 年，徐志摩留学英国期间，结交了布鲁姆斯伯里文化圈的很多成员，与福斯特也有交流，但由于徐志摩更偏向于浪漫主义方向，与福斯特的来往并不多。萧乾留学英国期间与福斯特来往密切，1942 年在福斯特的推荐下萧乾进入剑桥大学学习。回国后萧乾仍始终关注福斯特的文学创作，两人书信不断，后来由于政治原因，两人中断了来往，但 20 世纪 80 年代有 80 多封书信公开，成为研究福斯特的重要资料。叶君健是三人里面最后一个(1944 年)去英国留学的，他也结交了很多布鲁姆斯伯里文化圈成员，甚至被称为是“布鲁姆斯伯里中的一个中国人”，在中华人民共和国成立后由于政治原因，双方联系中断了很多年，直到 1988 年，叶君健写文章介绍福斯特，文章题为《一位盛名不衰的小说家》，作为杨自检翻译的《印度之行》的序。1929 年 7 月，吴宓翻译了《小说面面观》，译为《佛斯特小说杂论》，并发表在《学衡》杂志第 70 期上，在译文前吴宓介绍了福斯特的这本书，该书于 1929 年由伦敦 Edward Arnold 书店出版发行，他认为这本书虽然不长，但是议论细致精到，为当时人们所称道；吴宓还介绍，福斯特的小说有五六部，其中以《印度之行》最著名。1929 年，赵景深[①]也介绍过福斯特的作品，他在《小说月报》第 20 卷第 8 期的《二十年来的英国小说》中谈到俄法小说对英国小说的影响时引用了《小说面面观》(赵景深译名《小说的观察》)中的话来证明。1935 年，郁达夫[②]在《人间世》第 14 期上提到了福斯特，认为福斯特与当时盛行的詹姆斯·乔伊斯、奥尔德斯·赫胥黎以及劳伦斯是 20 世纪英国小说界影响最大的“四大金刚”。

中华人民共和国成立以来到20世纪60年代，国内几乎看不到对福斯

---

① 赵景深:《二十年来的英国小说》，载《小说月报》，1929 年第 20 卷第 8 期，第 1231 页。

② 郁达夫:《读劳伦斯的小说 *Lady Chatterley' s Lover*》，载《人间世》，1935 年第 14 期，第 37 页。

特作品的译介。1949 年—1966 年,有很多英国文学作品被译介过来,据马祖毅《中国翻译通史》现当代部分统计,多达245 种,但译介的多为18、19 世纪的英国文学经典。1959 年戴镏龄、吴志谦等人译介了苏联文学家阿尼克斯特的《英国文学史纲》,但是遗憾的是其中并没有提到福斯特。与国外对福斯特的关注重点在于他的小说相比,国内早期的福斯特译介关于其小说理论研究《小说面面观》的居多。20 世纪 60 年代,关于福斯特的第一份文献才与国人见面,这份文献也不是关于福斯特的小说的,而是关于其小说理论研究《小说面面观》的。李水翻译了福斯特《小说面面观》中的《论小说人物》,并提到《小说面面观》是一部关于小说理论研究的专著,福斯特坚持的是唯心主义的文学观。从这篇文章开始,国内译者对《小说面面观》迸发出了强烈的热情,仅 20 世纪 80 年代就有 5 个译本出现。福斯特作品的译介在 20 世纪 70 年代末到 80 年代初达到了井喷的状态,其中有关福斯特的《小说面面观》中“圆形人物”和“扁形人物”的论述最多。随着福斯特的长篇小说中译本的陆续推出和改编的电影在中国的放映,长篇小说逐渐引起了研究者的关注,但研究主要集中在《印度之行》和《霍华德庄园》这两部代表作上。1981 年广州花城出版社出版了郭丽鸿翻译的《小说面面观》;1984 年董翔晓等编写的《英国文学名家》中介绍了福斯特的生平;1985 年侯维瑞将福斯特列入《现代英国小说史》一书中,介绍了福斯特及其作品;瞿世镜翻译了弗吉尼亚·伍尔夫的《小说的艺术——评福斯特的〈小说面面观〉》。1988 年萧乾在《瞭望周刊》发表了《记 E. M. 福斯特》,回忆了自己与福斯特的交往情谊;朱一勤翻译了伊丽莎白·布兹的《风格大师 E. M. 福斯特》,文章介绍了福斯特的自由 - 人文主义思想,认为在人类充满冲突和苦难的年代里,福斯特对理智、慷慨和个人的善良施加了强烈的影响。

多家出版社出版或再版了福斯特的作品:1938 年上海生活书店出版了何家槐翻译的《小说与民众》,1984 年广州花城出版社出版了苏炳文翻译的《小说面面观》,1988 年北京中国文联出版公司出版了林林、薛力敏翻译的《天使不敢涉足的地方》,1994 年天津百花文艺出版社出版了李辉翻译的《福斯特散文选》,1998 年北京作家出版社出版了李向东翻译的《现代的挑战》,2002 年北京文化艺术出版社出版了文洁若翻译的《莫瑞斯》,2003 年南京译林出版社出版了杨自俭、邵翠英翻译的《印度之行》,2005 年上海译文出版社出版了巫漪云翻译的《看得见风景的房间》,2009 年北京人民文学出版社出版了谷启楠翻译的《福斯特短篇小说集》,2009 年北京人民文学出版社出版了苏福忠翻译的《最漫长的旅程》,2009 年北京人民文学出版社出版了马爱农翻译的《天使不敢涉足的地方》,2009 年北京人民文学出版社出版了苏福忠翻译的《霍华德庄园》,2009 年北京人民文学出版社出版了冯涛翻译的《小说面面观》,2010 年北京人民文学出版社出版了冯涛等翻译的《福斯特读本》。到目前为止,福斯特的作品都有了译本,为研究者提供了最直接的资料。

三、国内研究现状

梳理文献可以明确国内对福斯特研究的脉络。20 世纪 70、80 年代国内对福斯特的研究达到了井喷的状态,新世纪,对福斯特的研究引起了更多学者的关注,关注点发生了很大的变化,也更趋向于多元化,经历了从文学评论家、小说家到同性恋作家的变迁。在中国知网期刊目录下主题查询与福斯特及其作品相关的关键词,查询到的相关论文大体集中在如下几个方面。

1. 对福斯特及其创作的介绍

1987 年王家湘在《外国文学》上发表了《爱·摩·福斯特》,详细地介绍了福斯特的生平和创作。1989 年程爱民在《南京师范大学学报》上发表了《现实主义与现代主义的兼容并蓄——试论福斯特的〈一间可以看到风景的房间〉》,文章指出,福斯特是英国 19 世纪末、20 世纪初从传统到变革这一转折时期的一位重要作家,传统和革新都在他身上体现了,而且是交替、并存的。1991 年张蓉燕在《外语学刊(黑龙江大学学报)》上发表了论文《福斯特小说〈印度之行〉的哲学观》,评价福斯特在认识论上表现为相对主义,运用辩证法,但也陷入了神秘主义。1994 年钟在《世界文学》上发表了《关于爱·摩·福斯特的再追叙》,文章主要翻译总结了撒姆尔·海因的《断裂的人生》,该文于 1994 年 4 月 3 日发表在美国《纽约时报书评》上,《断裂的人生》内容是就尼古拉·褒曼女士出版的《爱·摩·福斯特：传记》发表评论，追述了福斯特的一生。1997年李辉在《书屋品茗》上发表了论文《走进福斯特的风景——兼谈巫译〈看得见风景的房间〉》，文章介绍了《看得见风景的房间》的译介，作者一方面介绍了自己与福斯特的缘分及在福斯特翻译方面所做的工作，一方面介绍了巫漪云译的《看得见风景的房间》，认为巫译本是高质量的。1997年会议论文集《外国文学论集——世纪末的探索与思考》里收录了卞峰的《论福斯特和他的短篇小说》，介绍了福斯特的生平，对福斯特的短篇小说进行了评介。2001年浙江大学文慧静的硕士论文《从〈印度之行〉看爱·摩·福斯特的思想文化观》从三个方面进行了分析：一是认为作品的主题有二，分别是结合和分裂；二是通过对伊斯兰教、基督教和印度教三种宗教的分析揭示了文化差异是结合的原因，也是分裂的根源；三是剖析了作者反复使用的、目的在于表现神秘主题的象征性意象，以使读者能透过神秘氛围看到福斯特创作的真正意图。2001年李新博在《四川外语学院学报》上发表了《〈印度之行〉：福斯特对人类及世界的探索之旅》，解读了福斯特对于精神的追求，论文通过分析《印度之行》的标题、结构、主要事件、人物塑造和主要意象的象征含义，解析了福斯特对人类世界的探索之旅，发现福斯特既超然于哲学高度，又立足于错综复杂的现实，并通过剖析小说家对现实存在的人与非人两个层面的考察，探求人类存在的终极意义。2005年梦杳在《电影评介》上发表了论文《霍华德庄园》，文章介绍了由这一名著改编的电影。2008年南昌大学涂凯的硕士学位论文《E. M. 福斯特的〈霍华德庄园〉：一本知识分子的关怀小说》，分析了作家的人文知识分子身份对其创作的影响。2009年蒋龙贺在《安徽文学》上发表了论文《追寻生命的完整——解读〈霍华德庄园〉中福斯特的个体生命价值观》，文章分析了作家的寻求个体生命完整的价值观。2009年河南大学田歌华的硕士学位论文《英国国旗下的爱·摩·福斯特——〈霍华德庄园〉百年纪念》，分析了福斯特的精英知识分子的出身对他创作的影响。2009年张福勇、秦勤在《鲁东大学学报》上发表了论文《从小说〈霍华德庄园〉看英国的新型中产阶级》，文章分析了英国中产阶级的形象。2014年吴冬月在《语文学刊》上发表了论文《翻译正道是顺译——以〈霍华德庄园〉的两种译本为例》，分析了译本的异同及其原因。

2. 对福斯特创作技巧的关注

1982年丁明淑在《国外文学》第4期发表了论文《从景物描写看〈印度之行〉的创作思想》，文章分析了福斯特采用独特的景物描写手法来向欧洲人介绍陌生而神秘的东方文明古国。1982年谭黎也在《国外文学》第4期发表了论文《浅谈〈印度之行〉的情节》，文章从情节入手来分析《印度之行》。1986年刘珠还在《安徽师范大学学报》上发表了论文《福斯特〈印度之行〉的主题》，文中介绍了福斯特的生平，盛赞了《印度之行》是一部艺术品，但也认为作品有其思想上的缺陷，反抗得不够。1990年，陈凯在《福建外语》上发表了《爱·摩·福斯特的长篇小说〈霍华兹别墅〉的象征主义技巧》，文章指出，《霍华兹别墅》（即《霍华德庄园》）做到了将象征主义技巧和现实主义色彩熔为一炉，深刻反映了英国中产阶级在第一次世界大战前的内部矛盾。1996年纪康丽在《外国文学研究》上发表了《主题与人物、情节的距离——评福斯特〈霍华兹庄园〉》，文章从《霍华兹庄园》（即《霍华德庄园》）的写作背景、主题思想、主题与人物和情节之间的距离等方面进行了讨论，从女性主义、殖民主义、文化研究等多视角研究。2001年河北大学朱静的硕士学位论文《景中节奏——爱·摩·福斯特小说〈看得见风景的房间〉中节奏运用研究》，利用福斯特本人《小说面面观》里的节奏法和美国文学批评家大卫·劳治的重复模式分析了福斯特的作品，重复模式的主要方法是追踪分析与主题相关的重要成分的重复现象，详细论述了节奏在《看得见风景的房间》中的运用，揭示了节奏在文中的取得方式及其在形式和内容两方面发挥作用的方法。2004年黄梅在《中华读书报》上发表了论文《〈霍华德庄园〉的婚姻寓言》，文章分析了作品中的寓言主题。2007年上海外国语大学赵琪的硕士学位论文《对〈霍华德庄园〉的象征主义解读》，分析了作品中具体的象征手法的运用。2009年张莹在《福州大学学报》上发表了论文《论象征主义手法在〈霍华德庄园〉中的运用》，文章分析了象征手法在作品中的运用。2008年上海交通大学邵亚平的硕士学位论文《现代主义的两个版本:爱·摩·福斯特与弗吉尼亚·伍尔夫比较研究》,分析了同为布鲁姆斯伯里文化圈成员的爱·摩·福斯特与弗吉尼亚·伍尔夫创作中现代主义艺术特征的异同。2010年高莉在《电影文学》上发表了论文《解析〈霍华德庄园〉中的节奏》,文章分析了该作品中节奏创作手法的运用。2010年四川师范大学崔海杰发表了硕士学位论文《基于礼貌原则的〈霍华德庄园〉中的对话分析》,文章具体地分析了作品中的对话所体现出来的价值观。2010年暨南大学樊金琪发表了硕士学位论文《透视〈霍华德庄园〉中的二元结构》,文章分析了该作品独特的结构模式。2010年青岛大学苑丽娟的硕士学位论文《福斯特〈印度之行〉中"回声"的解读》,分析了回声在表现英印两国关系联结失败时的预示作用。2011年张泉在《淮北师范大学学报》上发表了论文《〈霍华德庄园〉中的艺术联结思想探析》,文章分析了该作品的艺术联结主题。2012年俞澄在《时代文学》上发表了论文《春天里的复苏——〈霍华德庄园〉的重生主题解读》,文章分析了作品的重生主题并由此延伸开去。2012年天津师范大学赵晓坤的硕士学位论文《论E. M. 福斯特幻想小说的主题》,分析了福斯特幻想文学的主题,即通过不同的联结来寻求和谐。2013年辽宁师范大学赵小希的硕士学位论文《福斯特小说中的意象探寻》,分析了福斯特小说中意象的象征含义。2012年高婷婷在《佳木斯教育学院学报》上发表了论文《权势因素对礼貌原则的违背——〈霍华德庄园〉中的对话分析》,文章通过对话分析了权势对礼貌的影响。2012年陈亚斐、周佩珩在《湖南社会科学》上发表了论文《论福斯特对本质主义话语的颠覆策略——以〈霍华德庄园〉为例》,文章分析了福斯特的话语颠覆系统及其重要作用。2013年陈蓉在《重庆广播电视大学学报》上发表了论文《〈霍华德庄园〉中巴斯特形象的符号学分析》,文章分析了巴斯特形象的符号性作用。2013年黄曦在《赤峰学院学报》上发表了论文《〈霍华德庄园〉中的居所背景对深化主题的作用》,文章通过乡村和城市文明的对比来研究作品中的居住背景。2013年鲁东大学孙学诗发表了硕士学位论文《爱·摩·福斯特的〈霍华德庄园〉的节奏研究》,文章研究了节奏在这部作品中的重要叙事作用。2013年青岛大学王林琳的硕士学位论文《爱·摩·福斯特音乐性节奏理论及应用初探》，分析了福斯特试图通过与音乐的联结来寻求和谐的自由－人文主义思想。2014 年上海师范大学陈晨的硕士学位论文《论爱·摩·福斯特小说的象征手法》，分析了福斯特小说创作中的象征手法。2015 年张福勇在《英美文学研究论丛》上发表了论文《论福斯特〈霍华德庄园〉的交响曲式复杂节奏》，文章分析了节奏创作手法在作品中的重要意义，从福斯特创作的主题、意象、节奏和象征等的具体创作手法进行了分析。

3. 对福斯特小说理论的研究

1992 年黄修齐在《福建师范大学学报》上发表了《旅行·探索·分隔——爱·摩·福斯特小说特点初探》，文章认为福斯特终生探索却没有找到沟通个人与外界的道路。2000 年殷企平在《解放军外国语学院学报》上发表了《福斯特小说思想蠡测》，文章指出当时我国对福斯特的圆形人物和扁平人物论已非常熟悉，但是对他小说所要表达的思想和问题的根源研究得不多，文章对这两方面进行了较为系统的分析，着重从哲学观、社会观和艺术观方面进行了深入挖掘。2001 年李建波在《外语研究》上发表了《互文性的呈示：E. M. 福斯特小说主题概观》，文章借助互文性理论这一新视角对福斯特的小说进行了分析，认为小说的主题意义主要在于对福斯特所处的英国爱德华时代人们的所思所想做出回应，不但要寻找新的伦理道德标准，还要探索达到标准的途径。2008 年四川师范大学谢园玲的硕士学位论文《爱·摩·福斯特的人物理论在〈印度之旅〉中的运用》，探究了福斯特《小说面面观》中的扁平人物和圆形人物理论在《印度之行》中的运用。2009 年孙晓云、石云龙在《中国校外教育》上发表了论文《扁平人物与圆形人物——试分析〈霍华德庄园〉的人物模式》，从福斯特的人物理论出发进行了小说中的任务模式研究。2014 年辽宁大学苏红的硕士学位论文《福斯特小说批评探析》中，以福斯特的小说理论研究《小说面面观》为文本，细致具体地分析了福斯特的小说批评理论。2015 年文蓉在《广西民族师范学院学报》上发表了论文《论〈霍华德庄园〉中的圆形人物和扁平人物》，文章分析了作品中的人物形象特质。2015 年广西师范学院薛琳璐的硕士学位论文《写作学视野下的〈小说面面观〉研究——兼及福斯特的小说创作》中分析了写作学视野下的福斯特小说理论以及小说创作，关注了福斯特的小说理论研究以及对其文学写作的指导作用。

4. 对福斯特作品的文化研究

1994 年司空草在《外国文学评论》上发表了《〈印度之行〉与福斯特的埃及之行》，文中讲述了约旦大学教授穆罕默德·夏希恩在 1993 年春季号的 *Twentieth Century Literature* 上发表的《福斯特向埃及致礼》，认为其以较为翔实的资料分析了福斯特的创作与埃及的关系。1999 年回忆录《走向 21 世纪的探索——回顾·思考·展望》收录了李建波、唐岫敏的《自由和爱心——福斯特意大利小说对“国际主题”的发展》，文章指出，福斯特的长篇小说《天使不敢涉足的地方》和《看得见风景的房间》中的部分场景在意大利，认为福斯特在写这两部具有国际场景的小说时在情节安排乃至主题上借鉴了亨利·詹姆斯的“国际小说”。2000 年李建波在《外国文学评论》上发表了论文《跨文化障碍的系统研究：福斯特国际小说的文化解读》，文章关注了福斯特的跨文化小说的主题，主要研究福斯特的三部国际小说，对比了福斯特与詹姆斯的母体小说，揭示了小说的时代特征，认为福斯特的小说从跨文化角度系统地诊断了交流障碍的成因，还原了隐藏于水面之下的跨文化思索脉络。2001 年浙江大学文慧静发表了硕士学位论文《从〈印度之行〉看爱·摩·福斯特的思想文化观》，文章分析了福斯特有别于精英知识分子的思想文化观。2002 年赵辉辉在《理论月刊》上发表了论文《联结与隔阂——E. M. 福斯特作品〈印度之行〉赏析》，文章分析了《印度之行》中不同文化的联结以及文化的矛盾和隔阂。2003 年张海华在《福建省外国语文学会 2003 年会暨学术研讨会论文集》上发表了论文《让爱穿越文化的障碍——论福斯特〈印度之行〉的文化意义》，文章分析了只有爱才能克服不同文化交流的障碍。2003 年上海外国语大学韩殿秀的硕士学位论文《福斯特两部小说中的偏见及其透视》，分析了福斯特的英国和意大利小说中体现出来的文化差异和偏见。2004 年苏州大学岳峰发表了硕士学位论文《永无止境的灵魂之旅——E. M. 福斯特小说的文化解读》，文章分析了福斯特的文化内涵。2005 年岳峰在《湖南科技学院学报》上发表了论文《文化身份的嬗变——E. M. 福斯特小说的“联结”的最终尴尬》,文章分析了福斯特致力于联结的自由－人文主义的必然失败结局。2005 年马媛媛在《河南商业高等专科学校学报》上发表了论文《读福斯特的〈印度之行〉》:文化冲突与文化融合》,文章分析了《印度之行》中文化交流的重要意义。2006 年岳峰在《名作欣赏》上发表了论文《福斯特意大利小说中文化身份的嬗变》,文章分析了福斯特意大利小说中文化联结的主题。2006 年四川大学张婧的硕士学位论文《封闭的房间　开放的风景——E. M. 福斯特的“意大利小说”中的二元对立》,分析了福斯特意大利小说中的二元对立意识。2006 年华中师范大学姚光蓉发表了硕士学位论文《发现“心”真理之旅:福斯特小说〈看得见风景的房间〉的文化解读》,文章分析了福斯特笔下的文化联结实质上为内心的联结。2006 年罗玲娟在《辽宁行政学院学报》上发表了论文《福斯特小说的文化解读》,文章整体观照了福斯特创作的文化联结内涵。2007 年南京师范大学张倩倩的硕士学位论文《福斯特小说〈看得见风景的房间〉中的文化思考》,分析了这部作品中福斯特对英国和意大利文化“联结”的思考。2007 年中南大学谭静静的硕士学位论文《〈霍华德庄园〉——一个检验马修·阿诺德文化理论的文本》,文章结合了阿诺德的文化理论来分析这一作品。2007 年岳峰在《河南社会科学》上发表了论文《殖民时代旅行写作与身份认同——E. M. 福斯特〈印度之行〉的跨文化解读》,文章以跨文化的视角分析了《印度之行》。2008 年钟震颖在《考试周刊》上发表了论文《从跨文化角度解读福斯特的意大利小说》,文章解读了福斯特意大利小说的跨文化特质。2008 年王义兵、张晓辉在《时代文学》上发表了论文《浅谈文化和谐因素下的象征写作技巧——爱·摩·福斯特作品赏析》,文章分析了文学创作中象征技巧能起到的重要作用。2009 年华中师范大学王桂莲的硕士学位论文《发现真我:福斯特意大利小说中的希腊精神影响》,分析了福斯特小说中对意大利文化的褒扬。2010 年刘苏力在《甘肃社会科学》上发表了论文《福斯特虚无主义世界观的文化根源——解析〈印度之行〉》,文章分析了福斯特代表作《印度之行》隐含的虚无主义世界观及其文化根源。2011 年张梦淼在《青年文学家》上发表了论文《论德国文化对福斯特小说创作的影响——从〈霍华德庄园〉女主人公姓氏说开去》，文章分析了德国文化对福斯特及其创作的影响。2011 年东北师范大学杨胜明的博士学位论文《文化旅行理论视野下的〈印度之行〉》，分析了文化旅行视野对福斯特及其作品中主人公的完整性的建构力量。2011 年四川外语学院林芸吉发表了硕士学位论文《教育与联结——〈威廉·麦斯特的学习时代〉与〈霍华德庄园〉文化传承主题比较研究》，文章分析了两位作家共同的文化继承主题。2013 年上海外国语大学苏擘的博士学位论文《作为文学理论新范式的批判心理学——〈印度之行〉的心理－政治解读》，从文化旅行理论和批判心理学的方向研究了福斯特的代表作《印度之行》。2014 年肖帆、王小霞在《芒种》上发表了论文《〈霍华德庄园〉中作者的英格兰情怀》，文章分析了作者内心英格兰形象的根深蒂固。2014 年文蓉在《广西民族师范学院学报》上发表了论文《"最后一个英国人"的道德关怀——论〈霍华德庄园〉中的伦理主题》，文章分析了作品中的道德关怀。2014 年贵州师范大学李倩的硕士学位论文《从城市异托邦的角度看福斯特的两部意大利小说》，分析了福斯特意大利小说中的城市异托邦特质。2015 年李娜在《作家》上发表了论文《福斯特〈霍华德庄园〉的多重文化冲突和融合》，文章分析了文化的冲突与融合模式，致力于通过联结寻求文化和谐。2015 年西南大学张丽的硕士学位论文《自我迷失与自我拯救——E. M. 福斯特〈印度之行〉中的旅行主题》，分析了旅行视野下的自我拯救以及迷失。2015 年谢永琴在《巢湖学院学报》上发表了论文《解读二元对立视角下的〈印度之行〉》，运用了二元对立理论分析了文化和宗教。

5. 对福斯特的自由－人文主义"联结观"的研究

1992 年李忠华在《山东外语教学》上发表论文《漫长的旅程，艰难的连接——〈最漫长的旅程〉主人公评介》，分析了里基艰难的联结过程。1998 年陈小菊在《外国文学研究》上发表了论文《通往心灵之路——试析 E. M. 福斯特的〈印度之行〉》，总结了福斯特的信念：只有在相互尊重和相互平等的基础上才能建立起真正的友谊，解决人类困境需要一条通往心灵之路。2001 年马丽荣在《西安外国语学院学报》上发表了《福斯特〈印度之行〉解读》,论文以小说主人公阿戴拉的婚姻问题为切入点,采用无意识理论分析了文化对立,目的是探索文化联结的可能性。2001 年董洪川在《重庆师院学报》上发表了《走出现代人困境:“只有沟通”——试论福斯特小说创作中的人学蕴涵》,论文指出福斯特真诚地关注人类命运,他的作品里饱含着深深的人文内涵。2002 年赵丰年、陈屏在《焦作教育学院学报》上发表了论文《论福斯特“联结”主题在其宗教观上的体现》,文章分析了福斯特宗教观上的联结主题。2005 年岳峰在《河北工程大学学报》上发表了论文《多重文化之间的冲突与融合——〈霍华德庄园〉中的“联结”之解读》,文章评价了多重文化的融合。2006 年岳峰在《南昌大学学报》上发表了论文《冲突·融合·隔膜——〈霍华德庄园〉的“联结”主题解读》,文章具体地分析了他的联结主题。2006 年华中师范大学吴澜的硕士学位论文《身份的错位,帝国的挽歌——福斯特和他的〈印度之行〉》,分析了福斯特在 12 年中对《印度之行》的反复修改,其中渗透了作家源于剑桥大学和布鲁姆斯伯里的自由 - 人文主义联结观。2006 年上海外国语大学栗明敏的硕士学位论文《爱·摩·福斯特两部小说中联系思想的研究》,关注了福斯特的联结观。2007 年浙江大学姚依东的硕士学位论文《福斯特自由人文主义思想的发展及其在小说中的体现》,分析了福斯特的自由 - 人文主义思想的传承、发展及在作品中的体系。2007 年上海外国语大学高怡的硕士学位论文《E. M. 福斯特的理想与困境——论〈霍华德庄园〉和〈印度之行〉的“联结”主题》,以福斯特的《霍华德庄园》和《印度之行》为文本,文章分析了福斯特联结的困境和其独特的自由 - 人文主义联结观,同时关注了其形成和发展的过程。2007 年西南大学陈巧发表了硕士学位论文《爱·摩·福斯特的自由 - 人文主义联结观的解读》,文章具体分析了福斯特的自由 - 人文主义联结观。2007 年湘潭大学刘桂娥发表了硕士学位论文《论 E. M. 福斯特的差异与联结观》,文章分析了联结存在的问题与尴尬。2008 年北京语言大学郭静的硕士学位论文《E. M. 福斯特:生活与艺术中“连接”思想的实践者——对〈霍华德庄园〉全知叙事者的分析》,全面地研究了福斯特的联结思想。2008 年葛建平、石云龙在《长沙铁道学院学报》上发表论文《一种情怀 —

种"联结"——〈霍华德庄园〉的人本主义心理学解读》,文章结合了心理学的手法来分析这一作品。2009 年岳峰在《外国语文》上发表了论文《旅行写作与身份认同——E. M. 福斯特小说中"联结"的最终尴尬》,文章分析了作家联结失败的原因在于其特殊的文化身份。2009 年董艳、刘晓虹在《安徽理工大学学报》上发表了论文《混乱而神秘的世界里熠熠生辉的联结理想——解读福斯特的〈印度之行〉》,文章解读了《印度之行》中的联结观问题。2009 年华东师范大学裴涛发表了硕士学位论文《福斯特自由 - 人文主义联结观的终结——对〈印度之行〉中文化霸权主义的解读》,文章解读了福斯特自由 - 人文主义联结观的弊端在于其文化霸权主义思想。2010 年广西民族大学江华的硕士学位论文《艰难的联结——E. M. 福斯特小说潜含的现代性主题》,分析了贯穿在福斯特作品中的艰难的联结。2010 年上海外国语大学孔德鑫发表了硕士学位论文《爱·摩·福斯特的"联结"之行》,文章结合福斯特的创作分析了福斯特联结的文化路线。2010 年上海师范大学刘颖新的硕士学位论文《福斯特早期小说研究》,以《天使不敢涉足的地方》《最漫长的旅行》《看得见风景的房间》和《霍华德庄园》为文本,分析了福斯特早期小说中的内涵、艺术价值及其联结主题。2010 年樊英波在《外语学刊》上发表了论文《论〈霍华德庄园〉与〈达洛维夫人〉的"联结"主题——两部小说中联结主题的对比研究》,文章认为,不同作家通过创作中共同的追求联结结合了起来。2012 年鲁东大学王红霞的硕士学位论文《论爱·摩·福斯特小说中对自由的追求——从尼采哲学视角探析》,分析自由在福斯特自由主义联结观中的重要作用。2012 年许娅在《国外文学》上发表了论文《单一反讽还是双重反讽?——论〈霍华德庄园〉对自由 - 人文主义全民文化观的深层反思》,文章反思了作家的自由 - 人文主义思想。2013 年中国海洋大学宋丽君的硕士学位论文《生态批评视角下的福斯特——人与自然的连接》中,作者注意到了福斯特的自由 - 人文主义联结观。2013 年上海外国语大学张宝琳发表了硕士学位论文《对〈霍华德庄园〉中"联结"的解构主义解读》,文章用解构主义分析了作品的联结主题。2014 年安徽大学赵姗发表了硕士学位论文《论〈霍华德庄园〉中福斯特的怀旧观和联结观》,文章分析了福斯特的联结观。2015 年王菲菲在《成都师范学院学报》上发表了论文《论〈霍华德庄园〉对自由人文主义的反思》,文章辩证地分析了《霍华德庄园》中的自由 - 人文主义思想。

6. 从后殖民主义角度对福斯特作品的研究

2007 年上海外国语大学朱晓江的硕士学位论文《分离的根源:对爱·摩·福斯特及〈印度之行〉的后殖民主义解读》,认为福斯特《印度之行》的研究经过了殖民主义的反对英国的殖民统治到后殖民主义的东方主义研究,看到了其自由 - 人文主义背后的局限性。2008 年吉林大学赵爱青的硕士学位论文《福斯特的双重视角——〈印度之行〉的后殖民研究》,剖析了福斯特的反殖民主义思想和作为具有殖民意识的作家在创作过程中的矛盾和冲突。2009 年河北大学秘桂领的硕士学位论文《论福斯特的文化歧视〈印度之行〉的后殖民主义解读》,剖析了福斯特作为英国殖民者的一员在作品中渗透的文化歧视。2009 年山东师范大学穆静的硕士学位论文《联结,冲突,融合——从后殖民角度解析福斯特的〈印度之行〉》,站在后殖民主义的角度重新审视《印度之行》,分析了福斯特联结失败的原因,并提出只有实现真正的平等才能实现真正的联结。2012 年江西师范大学鲁春的硕士学位论文《吉卜林与福斯特笔下的印度镜像》,以后殖民主义为切入点对吉卜林和福斯特进行了文本分析。2012 年福建师范大学郑萍萍的硕士学位论文《福斯特隐性的英国中心论——以他的三部小说为例》,从后殖民主义角度分析了隐藏在福斯特作品中的帝国意识。2012 年中国海洋大学郭鹍的硕士学位论文《福斯特两部小说中的"他者"研究》,从后殖民角度分析了福斯特作品中的"他者"形象。2015 年电子科技大学雷玲玉的硕士学位论文《从东方主义角度析爱德华·摩·福斯特〈印度之行〉中的宗主国意识》,分析了东方主义视野下《印度之行》中体现出来的宗主国意识。2015 年张婷婷在《吉林省教育学院学报》上发表论文《中心或边缘化的"他者"——从后殖民主义角度解读〈印度之行〉》,文章在后殖民主义理论框架下分析了英国的殖民统治。2016 年孙磊在《鸭绿江》上发表了论文《解读福斯特〈印度之行〉中的东方话语》,文章研究了福斯特隐藏在东方主义后面的后殖民主义理论。

7. 对福斯特作品中生态意识的研究

2006 年姜礼福、石云龙在《四川教育学院学报》上发表了论文《〈霍华德庄园〉生态批评视阈下的“和谐观”》，文章结合了生态女性主义来研究福斯特及其作品。2008 年王国英、何江胜在《南昌教育学院学报》上发表了论文《试论〈霍华德庄园〉的生态女性主义思想》，文章用生态女性主义来解读福斯特。2010 年福建师范大学蒋龙贺发表了硕士学位论文《和谐的呼唤——〈霍华德庄园〉中福斯特的生态意识解读》，文章分析了福斯特对和谐生态意识的追求。2010 年王青青在《河北理工大学学报》发表了论文《生态女性主义视域下的〈霍华德庄园〉》，文章分析了作者的生态女性意识。2011 年栗明敏在《甘肃高师学报》上发表了论文《对“过去”的联系——解读〈霍华德庄园〉中的乡情》，文章分析了乡村文化在该作品中的体现。2011 年高怡在《大家》上发表了论文《〈霍华德庄园〉中的生态意象解读》，文章解读了作品中的生态意识和意向。2012 年李婷文在《鄱阳湖学刊》上发表了论文《失败的“回归”——从生态批评的视角看〈霍华德庄园〉中巴斯特回归自然的尝试》，文章分析了巴斯特作为城市边缘人试图回到乡村的尝试。2014 年仇中海在《短篇小说》上发表了论文《试析〈霍华德庄园〉中生态女性与生态意象的主题》，文章分析了作者的生态女性主义思想。2015 年吴晶在《作家》上发表了论文《福斯特小说中的自然意象及文化内涵》，文章分析了福斯特小说中自然和文化的内涵。2015 年贵州师范大学袁维伟发表了硕士学位论文《福斯特〈霍华德庄园〉的生态和文化解读》，文章分析了作品中的生态意识。2015 年王子健、袁文在《作家》上发表了论文《基于女性角度解析〈霍华德庄园〉的人道女性主义》，文章分析了作品中的人道女性主义特点。

8. 对福斯特作品中异化及焦虑主题的研究

2008 年黄书钦在《科技信息》上发表了论文《试析〈看得见风景的房间〉中的“发育不良的心”》，文章具体分析了主人公源于英国公学教育的发育不良的心。2010 年胡强、肖科苗在《外国语文》上发表论文《一部典型的

“英国状况”小说——论福斯特〈霍华德庄园〉中的焦虑主题》,文章分析了作品中一以贯之的焦虑主题。2011 年李莹在《安徽文学》上发表了论文《浅析〈看得见风景的房间〉中英国中产阶级的精神困境与出路》,关注了英国中产阶级的困惑。2011 年樊建红在《绍兴文理学院学报》上发表了论文《被忽略的异化者——论〈霍华德庄园〉中的伦纳德·巴斯特》,文章分析了巴斯特的城市边缘人身份。2011 年湘潭大学肖科苗发表了硕士学位论文《论爱·摩·福斯特〈霍华德庄园〉中的三种社会力量》,文章具体地分析了作品中的三种社会力量并分析了这三种力量相互作用的关系。2013 年重庆师范大学李秀娟发表了硕士学位论文《从焦虑理论解读〈霍华德庄园〉》,文章分析了作品中弥漫的焦虑情绪。2014 年重庆大学张洁发表了硕士学位论文《〈霍华德庄园〉中人物焦虑的霍妮式解读》,论文创造性地用霍妮的精神分析法进行研究。2014 年杭宏、范祥涛在《河北联合大学学报》上发表了论文《从人本主义看〈霍华德庄园〉中的异化人物伦纳德·巴斯特》,文章分析了巴斯特的异化及其原因。2015 年高莹在《新西部》上发表了论文《解析〈霍华德庄园〉对“进步”的忧虑》,文章分析了作家对传统乡村文化的留恋。2015 年段峰松在《考试周刊》上发表论文《解析〈看得见风景的房间〉中“发育不良的心”的主题》,文章分析了主人公源于英国公学教育的发育不良的心。2015 年文蓉在《绥化学院学报》上发表了论文《〈霍华德庄园〉:追求失落的精神家园》,文章分析了城市文明对传统的乡村文明的冲击。

9. 对福斯特作品中女性特质的研究

1997 年金曙在《名作欣赏》上发表了论文《连起两个世界的彩虹——〈霍华德庄园〉中两位女性的作用》,文章具体地分析了其中的两位女性形象。2002 年胡振明在《四川外语学院学报》上发表了论文《距离·空气·风景——浅析〈看得见风景的房间〉中的女性意识》,文章分析了主人公女性意识的发展成熟。2006 年南昌大学何双的硕士学位论文《福斯特小说中女性形象解读》,具体地分析了福斯特笔下女性形象的变迁。2007 年辽宁师范大学耿焱的硕士学位论文《阶级、性别和文化——论爱·摩·福斯特小说中女性的两难选择和身份/认同》,分析了由于阶级、性别和文化的差异导致福斯特笔下女性形象的两难选择。2008 年福建师范大学黄书钦的硕士学位论文《同情女性主义的男作家：福斯特与其笔下人物》，分析了福斯特对女性独特的温和、同情态度。2009 年秦勤在《重庆科技学院学报》上发表了论文《从女性主义批评看〈霍华德庄园〉里的女性地位》，文章分析了小说中的女性主义。2010 年中国海洋大学李扬的硕士学位论文《福斯特小说的女性主义解读》，宏观地分析了福斯特笔下独特的女性主义。2010 年张建梅在《大连海事大学学报》上发表了论文《压制 · 救赎 · 成长——解析〈看得见风景的房间〉中女性意识的建构》，关注了女主人公女性意识的成长过程。2011 年上海外国语大学陈丽沙发表了硕士学位论文《从女妖到女神：试析爱 · 摩 · 福斯特三部小说中的女性形象》，文章分析了福斯特笔下女性形象的变迁。2012 年福建师范大学赖桂珠发表了硕士学位论文《寻求和谐——论〈霍华德庄园〉中福斯特的矛盾女性观》，文章分析了福斯特在《霍华德庄园》中对女性的矛盾态度。2012 年王佩在《长江大学学报》上发表了论文《福斯特笔下的女性群体形象解读》，文章结合福斯特的长篇小说创作，分析了他笔下的女性群像。2012 年河北师范大学陈兰云发表了硕士学位论文《福斯特叙事策略中的女性主义倾向——对〈印度之行〉的叙事学分析》，文章分析了福斯特的女性主义倾向贯穿于他的创作中。2013 年何双在《作家》上发表了论文《导向隔膜与努力联结——福斯特小说中女性在文化冲突中的不同选择》，文章分析了女性在文化冲突中的选择。2013 年胡晓霞在《安徽文学》上发表了论文《〈霍华德庄园〉玛格丽特形象探究》，文章探究了新女性的代表玛格丽特的形象。2014 年许娅在《沈阳师范大学学报》上发表了论文《福斯特作品中的女性身份与“联结”主题——以〈霍华德庄园〉为主要例证》，文章探讨了女性在联结中的先天优越性及其原因，以玛格丽特为例，着眼于女性在联结过程中所具有的优势。2014 年鲁东大学李翔的硕士学位论文《解析爱 · 摩 · 福斯特意大利小说中的矛盾女性观》，分析了福斯特的意大利小说中所表达的矛盾女性观。2014 年何双在《老区建设》上发表了论文《女性形象“面面观”——福斯特小说中女性形象解读》，文章结合福斯特的长篇小说创作分析了其女性形象具有的整体特质。2014 年何双在《青年文学家》上发表了论文《福斯特小说中女性知识分子在文化联结中的努力与困境》,文章分析了女性在文化联结中的天然属性所具有的优势和弊端,明确了女性在文化联结中的重要作用。2014 年高敬、石云龙在《江苏第二师范学院学报》上发表了论文《担当联结者的新女性——解析〈霍华德庄园〉中的玛格丽特》,分析了玛格丽特新女性的形象。2014 年张春燕在《赤峰学院学报》上发表了论文《理智与情感的联结——对〈理智与情感〉和〈霍华德庄园〉中的两对姐妹的分析》,文章分析了不同时期女性情感的纠葛与时代的关系。2014 年中国海洋大学尹昉发表了硕士学位论文《〈霍华德庄园〉的原型解读》,文章对作品进行了原型解读。2015 年袁晓燕和胡凌海在《安顺学院学报》上发表了论文《爱・摩・福斯特笔下的女性形象》,文章分析了其笔下独特的女性形象精神特质。2015 年王兴盈在《山花》上发表了论文《福斯特小说〈看得见风景的房间〉中的女性成长主题》,文章分析了其作品中体现的女性成长主题。

10. 对福斯特及其创作中的同性恋因素的研究

1987 年《外国文学》发表了李辉翻译的《野餐》,以及对《野餐》的评论《福斯特及其〈野餐〉中的性意识描写》一文,对于《野餐》这篇福斯特的处女作,作者认为其以神话为要素,以潜意识迸发为核心,以美丽风光为背景,是心灵世界的奇妙交响乐。2003 年甘松在《中国文化报》上发表了论文《莫瑞斯的恋情》,文章向读者介绍了英国知名作家福斯特及其作品中描绘的恋情。2003 年文洁若在《书摘》上发表了《〈莫瑞斯〉梗概》,文章介绍了《莫瑞斯》的内容。2003 年文洁若在《书摘》上发表了《探索爱・摩・福斯特的压箱秘密——读〈莫瑞斯〉》,文章介绍了福斯特隐匿的同性恋情结。2007 年陈静梅在《中南大学学报》上发表了论文《反叛与规训:解读 E. M. 福斯特〈莫瑞斯〉中的同性恋再现》,文章分析了《莫瑞斯》中的同性恋情结。2008 年骆文琳在《忻州师范学院学报》上发表了论文《E. M. 福斯特小说〈莫瑞斯〉同性恋身份认同过程解读》,文章具体地分析了莫瑞斯同性恋身份认同的过程。2008 年骆文琳在《译林》上发表了论文《〈莫瑞斯〉中的同性恋主题与文化阐释》,文章分析了《莫瑞斯》中的同性恋主题。2008 年湘潭大学范慧玲的硕士学位论文《论 E. M. 福斯特小说中的性爱观》，分析了福斯特隐匿的同性恋情结。2009 年骆文琳在《西南农业大学学报》上发表论文《〈最漫长的旅程〉：福斯特对同性恋欲望的隐匿书写》，分析了福斯特通过塑造里基的形象表现了自己隐匿的同性恋情结。2009 年上海师范大学冯文捷的硕士学位论文《他的秘密——解读福斯特小说中的隐性同性恋文本》，同样分析了福斯特的同性恋情结。2010 年区林、何昌邑在《云南民族大学学报》上发表了论文《〈莫瑞斯〉：福斯特艰难的同性恋探索》，文章具体地分析了福斯特隐匿的同性恋情结及其在文学作品中的体现。2010 年华中科技大学李森发表了硕士学位论文《现象学视域中的〈莫瑞斯〉》，文章运用现象学理论解释了《莫瑞斯》。2011 年合肥工业大学董莉莉发表了硕士学位论文《〈莫瑞斯〉中"不正常的人"对权力话语的接受与反抗》，文章分析了作为边缘人的同性恋者对权力的接受和反抗。2012 年文蓉在《重庆科技学院学报》上发表了论文《困惑和期盼——论〈莫瑞斯〉中的同性恋主题》，文章分析了小说中的同性恋主题。2012 年湘潭大学石智慧的硕士学位论文《论爱·摩·福斯特〈莫瑞斯〉中的同性恋形象》，分析了同性恋形象莫瑞斯。2012 年刘金娟在《名作欣赏》上发表了论文《为同性恋辩言——〈莫瑞斯〉与〈孤寂深渊〉之浅析》，文章比较了两部作品中同性恋主题的表达。2012 年房丽君在《青年文学家》上发表了论文《酷儿理论视角看〈莫瑞斯〉中的同性恋现象》，文章结合了酷儿理论来分析莫瑞斯的形象。2012 年华北电力大学齐永军发表了硕士学位论文《追寻与困惑——〈莫瑞斯〉人物形象分析》，文章分析了莫瑞斯对同性恋身份认同的困境。2013 年刘婷在《齐齐哈尔师范高等专科学校学报》上发表了论文《本我与超我的较量：从弗洛伊德视角解读〈莫瑞斯〉》，文章结合了弗洛伊德理论来分析莫瑞斯同性恋倾向形成的原因。2013 年鲁东大学房丽君发表了硕士学位论文《自由与和谐的探求：从酷儿理论解析〈莫瑞斯〉》，文章结合酷儿理论分析莫瑞斯对和谐与自由的追寻。2013 年华中师范大学王爽发表了硕士学位论文《解构与建构：解读〈莫瑞斯〉的同性恋主题》，文章分析了莫瑞斯的同性恋倾向。2013 年东北师范大学汪帆发表了硕士学位论文《被放逐的爱：酷儿理论视域下的〈莫瑞斯〉》,文章结合酷儿理论分析主人公的同性恋倾向。2014 年朱姝在《南方论刊》上发表了论文《〈莫瑞斯〉中的同性恋话语权力分析》,文章分析了同性恋的边缘地位。2014 年姜艳在《戏剧之家》上发表了论文《影片〈莫瑞斯〉文学改编比较分析》,文章将《莫瑞斯》的文本和改编后的电影进行了比较。2015 年鲁东大学原玮发表了硕士学位论文《从拉康的"镜像理论"解读〈莫瑞斯〉》,文章结合拉康的理论来分析莫瑞斯的形象。2015 年河南大学胡云溦的硕士学位论文《福斯特小说〈莫瑞斯〉中的性取向建构》,分析了莫瑞斯同性恋倾向形成的原因,从关注福斯特的自传体小说《莫瑞斯》中主人公的同性恋情结到分析作家自身隐匿的同性恋情结。

11. 对福斯特作品中死亡情结的研究

2006 年浙江大学孙艳艳的硕士学位论文《从面对到逃避:爱·摩·福斯特非同性恋小说中的死亡意象探究》,分析了福斯特小说中的死亡意象。2011 年南京师范大学张娟的硕士学位论文《论爱摩福斯特长篇小说中的死亡意象》,具体地分析了时代对福斯特创作中死亡意象的影响。2012 年苑辉在《作家》上发表论文《从〈最漫长的旅程〉中的死亡看 E. M. 福斯特的死亡哲学》,文章分析了里基的死亡情结,探寻了福斯特独特的死亡描写背后的哲学意蕴。2014 年南京师范大学陈钦的硕士学位论文《福斯特的死亡书写》分别从内部和外部分析了福斯特独特的死亡写作。

12. 对福斯特作品中恋母情结的研究

2012 年鲁东大学王洪生的硕士学位论文《解读福斯特〈最漫长的旅程〉中里基的恋母情结》中,作者站在了地域空间意蕴分析里基的恋母情结。2012 年张福勇、李烨和王晓丹在《东岳论丛》上发表论文《解析〈最漫长的旅程〉中的恋母情结》,文章分析了里基的恋母情结。2013 年鲁东大学王成发表硕士学位论文《〈最漫长的旅程〉之"恋母情结"解读》,同样关注了里基的恋母情结。2014 年文蓉在《嘉应学院学报》上发表论文《论〈最漫长的旅程〉中的象征意蕴》,文章分析了《最漫长的旅程》中象征手法的运用。2014 年文蓉在《青海师范大学学报》上发表论文《〈最漫长的旅程〉成长主题原型解读》,分析了里基成长的过程就是逐渐摆脱其恋母情结的过程。

13. 对福斯特作品改编成电影的研究

1988 年志仁在《电影评介》上发表了论文《你想看一部名片吗——英国故事片〈看得见风景的房间〉译成》,文章详尽地介绍了根据福斯特同名小说改编的电影《看得见风景的房间》。1997 年沈芸在《电影创作》上发表了论文《走入〈霍华德庄园〉文学·影像·作者》,文章结合作家的内部研究和文章的外部研究分析了《霍华德庄园》改编成电影的过程。2001 年伍棵树在《电影评介》上发表了论文《从 E. M. 福斯特的文字到电影的世界》,介绍了福斯特的作品及拍成电影的情况。2005 年陈洁在《安康师专学报》上发表了论文《论福斯特小说的电影化》,文章介绍了根据福斯特长篇小说改编的电影。2006 年苏州大学陈洁的硕士学位论文《E. M. 福斯特:从小说到电影》关注了福斯特小说改编的电影,体现了福斯特研究的一个跨学科的新方向。2008 年张晓辉在《电影文学》上发表了论文《浅谈文化和谐因素下的象征写作技巧——爱·摩·福斯特作品赏析》,文章分析了由福斯特作品改编的电影中象征技巧在文化联结中起到的重要作用。2009 年许娅在《阜阳师范学院学报》上发表了论文《转变、矛盾、否定:E. M. 福斯特的戏剧观和电影改编观》,文章分析了福斯特的文学作品改编成的戏剧和影视作品。2009 年闫爱静在《电影文学》上发表了论文《主人公的自我解放历程与福斯特的现实批判——评电影〈看得见风景的房间〉》,文章分析了根据福斯特同名作品改编的电影《看得见风景的房间》中的自我解放历程和个性解放。2009 年许娅在《北京第二外国语学院学报》上发表了论文《摆脱民族身份认同的束缚——福斯特电影改编与遗产电影批评》,文章介绍了根据福斯特作品改编的电影。2009 年韩芳在《电影文学》上发表了论文《女性主义观照下解读电影〈看得见风景的房间〉》,文章提供了一个新的研究视角。2010 年许娅在《外国文学》上发表了论文《克莱夫:福斯特笔下的柏拉图式同性恋——从小说和电影的比较看同性恋身份的不同建构》,文章分析了电影《莫瑞斯》中同性恋身份的建构。2011 年周娟娟在《兰州教育学院学报》上发表了论文《小说写作手法中的电影化体现——以 E. M. 福斯特和欧内斯特·海明威的作品为例》,文章分析了福斯特长篇小说的电影化叙事。2012 年陈瑞红、李西元在《语言与文化研究》上发表了论文《〈霍华德庄园〉小说和电影的比较》，文章创造性地提出了通过文本和电影的比较来进行研究。2013 年蒋春丽在《电影文学》上发表了论文《谈〈霍华德庄园〉中的"联结"》，文章分析了由《霍华德庄园》改编的电影中联结手法的运用。2013 年许娅在《欧美文学论丛》上发表了论文《从对话到衍生的具象——〈霍华德庄园〉电影改编中的行走意象》，文章分析了文本和电影改编的不同以及造成这种不同的深层次的原因。2014 年许娅在《电影文学》上发表了论文《电影〈霍华德庄园〉中的女性身份建构》，文章分析了电影中女性身份的建构。2015 年鞠丽在《大舞台》上发表了论文《小说〈印度之行〉及其改编同名电影中的审美抵抗意象》，文章分析了由小说《印度之行》改编的电影中的审美意识。

综上所述，国内研究所关注的问题与国外相似，大多从性别、阶级、后殖民和精神分析等方面来研究，为后来的研究者提供了借鉴。2003 年陶家俊的研究专著《文化身份的嬗变——E. M. 福斯特小说和思想研究》具有里程碑意义。陶家俊认为："有关的福斯特研究成果要么墨守传统文学批评的成规，要么受制于后殖民话语或其他批评视角狭隘、偏激的理论定位，很少在更深的辩证层面上揭示福斯特小说中包含的文化和思想问题。"[①]20 世纪 90 年代学者们主要关注福斯特的代表作《印度之行》和《霍华德庄园》，新世纪的福斯特研究呈现出多元化的倾向，即主要是从关注作家或作品的角度入手，关注福斯特作品中的手法、风格、语言或福斯特的国别、性别、阶级等角度，但对其边缘写作关注极少。一部分研究关注其小说理论研究专著《小说面面观》，一部分研究集中在《印度之行》中的后殖民主义理论，或是作品中的宗教文化方面等。目前，关于福斯特的边缘人形象研究大都是运用后殖民理论来分析福斯特的《印度之行》，剖析"他者"形象。对福斯特的阶级、性别、文学创作风格和作品的思想内涵的研究主要集中在《印度之行》和《霍华德庄园》这两部代表作上，关注福斯特的自由－人文主义联结观，但是

---

① 陶家俊：《文化身份的嬗变——E. M. 福斯特小说和思想研究》，中国社会科学出版社 2003 年版，导论第 6 页。

对其边缘写作的研究则比较少见，仅有三篇硕士论文和一篇期刊论文：2008年湘潭大学张柳珍的硕士学位论文《论E. M. 福斯特小说中的边缘性人物形象》，着力分析了福斯特小说中的边缘性人物的塑造。2009年华中师范大学谢磊的硕士学位论文《论爱·摩·福斯特小说中的“边缘人”形象》，整体分析了福斯特笔下边缘人具有的特质。2010年南京师范大学宋佳昕的硕士学位论文《论析E. M. 福斯特的“反传统”》，分析了福斯特一系列反传统的思想。2011年张娟在《文教资料》上发表的论文《福斯特小说中人物形象的边缘性》，分析了福斯特由于生活背景和时代形成的边缘写作，以及作品中塑造的形象具有的边缘性。2013年辽宁大学刘翠婷的硕士学位论文《对爱德华·摩根·福斯特小说中“边缘人”的解读》也关注了福斯特笔下的边缘人形象，但仅仅局限于部分长篇小说的形象分析。本书研究福斯特的边缘写作，囊括了福斯特的全部六部长篇小说及小说理论研究专著《小说面面观》，系统分析福斯特边缘写作形成的原因和他的思想、小说理论研究的边缘性以及他致力于寻求和谐的自由－人文主义“联结”观。

第四节　本书的研究方法与主要内容

一、研究方法

本书立足于福斯特的六部长篇小说和小说理论研究《小说面面观》，试图多维度研究福斯特通过“联结”来寻求和谐的边缘写作。

首先是要坚持文本细读的研究方法。本书立足于福斯特的六部长篇小说和小说理论研究《小说面面观》，坚持传统的文本细读的研究方法，并从新的文化批评视野进行历史、文化研究。

其次是运用文献资料整理的方法关注福斯特及其相关的其他创作。“不存在绝对孤立的文本，只存在文本间的关系”，关注福斯特的自传、小说理论研究、短篇小说集以及福斯特长篇小说改编电影的研究，力争全面地研究福斯特。

再次是结合福斯特生活和创作的历史文化背景及文化批评理论来研究福斯特及其创作，运用批评史研究法，扩大研究视野。

最后是运用述评的研究方法，立足于文学批评家的评论，力求全面把握福斯特的边缘写作。

二、主要内容

本书由绪论、正文和结论三个部分组成。

绪论部分对福斯特及其作品、边缘写作、研究方法及本书主要内容等做了较为深入的阐释，介绍了福斯特及其作品的相关文献和国内外研究现状，回顾前人对福斯特及其作品的评论。此前的研究者主要集中在对单个作品个别人物的剖析或一个具体情节的分析上，缺乏对福斯特长篇小说的全面剖析。要更好地了解福斯特的边缘写作，有必要进一步拓宽视野，对福斯特的六部长篇小说及《小说面面观》做整体分析，而这也正是本书的意义所在。

正文部分分为四章：

第一章，探究福斯特边缘写作的形成原因，具体来说包括他童年的生活、与母亲的关系以及当时的社会、文化以及历史背景。

第二章，探究福斯特思想的边缘性。

第三章，探究福斯特小说理论研究的边缘性。

第四章，探究福斯特的自由－人文主义“联结观”，边缘中产阶级通过与艺术、文化、宗教以及自然的“联结”寻求和谐。

结论部分对福斯特的边缘写作做出总体评价。福斯特的边缘写作基于特定背景，通过边缘写作，福斯特探索着一条通往和谐之路，寻求着多元的共存。

总之，与学界对于福斯特的研究大多关注其单部作品不同，本书立足于福斯特的六部长篇小说及其小说理论研究专著《小说面面观》，全面研究福斯特的边缘写作，结合其自身、历史和文化环境分析福斯特边缘写作的成因、边缘思想、边缘的小说理论研究以及边缘写作通过自由－人文主义“联结观”对和谐的寻求，深化对福斯特的研究。

第一章　福斯特边缘写作的成因

凯伦·霍妮，美籍德裔精神分析学家和心理学家，她在临床实践中发展了精神分析理论，确立了精神分析社会文化研究的方向，强调后天成长环境即宏观的社会环境和微观的个体环境的重要性，社会中普遍共有的文化因素、宏观的社会条件是个人心理失调的最终根源。按照这一理论，福斯特特定的生活环境是影响其边缘写作风格形成的重要因素，即福斯特的边缘写作深受时代、剑桥大学、布鲁姆斯伯里和家庭因素的影响，是“关于当代英国显赫阶级的社会学论题”，同时也是关于逝去的维多利亚时代的论题。

第一节　英国维多利亚时代和爱德华时代的社会背景

探究福斯特的边缘写作所受时代的影响，首先要明确其创作的具体时期。福斯特的创作集中在了二十年左右的时间内，即 1905—1924 年。伍尔夫认为，“我建议把爱德华时代和乔治时代分为两个阵营：威尔斯先生、贝内特先生以及高尔斯华绥先生，我称为爱德华时代；福斯特先生、劳伦斯先生、斯塔西先生、乔伊斯先生以及艾略特先生，我称为乔治时代”[①]；著名文学批评家克劳德·萨默斯教授认为福斯特是维多利亚自由主义晚期的人物；福

---

① Virginia Woolf: *Character in Fiction*, rep. in *The Essays of Virginia Woolf*, ed. Andrew McNeille, vol. III, Hogarth Press, 1988, p. 421.

斯特本人在《现代的挑战》中强调,“我属于维多利亚朝自由主义者的末裔”①。由此可见,福斯特的边缘写作主要是在维多利亚时代晚期和爱德华时代,见证了从维多利亚时代到爱德华时代社会急剧发展变化的图景。

维多利亚时代(从维多利亚女王1837年登基到1901年去世)是英国历史上最繁荣的时期之一。英国由于海外殖民地的扩张、经济的高度繁荣发展、社会秩序的相对稳定而成为“日不落帝国”,维多利亚女王也成为“大不列颠与爱尔兰联合王国女王和印度女皇”,所以维多利亚时代的英国人唯我独尊,并有很强的民族自豪感和优越性。维多利亚时代代表着英国的传统,承载着“英国人的光荣和梦想”。经受了后来的严峻考验,维多利亚时代至今仍影响深远,“对维多利亚文化的迷恋可以说是我们这个时代最重要的标志之一”,这一时期作为整个民族集体无意识的一部分已经根植于英国作家的记忆深处,在后现代语境下维多利亚时代具有了新的美学和意识形态上的内涵。

维多利亚时代之后的爱德华时代,英国逐渐走向衰落。20世纪20年代末、30年代初的经济危机席卷了整个英国社会,国际工人总罢工、妇女选举权运动、爱尔兰自治运动等随之而来,德、意、日三国法西斯势力的壮大导致1939年第二次世界大战的爆发,英国社会每况愈下。爱德华国王的执政时期同时也是一个贫穷和富裕两极分化的时代,伍尔夫看到爱德华时代衰落的趋势并强调爱德华时代人的关系的变化导致政治、宗教、文学等也发生了根本改变,至此“日不落帝国”逐渐走向衰落。

“维多利亚时代还是一个科学发展的时代,一个赖尔、达尔文、华莱士和赫胥黎的时代”②,法国哲学家柏格森的凭自觉和本能认识世界、罗素等人的逻辑实证主义、德国唯心主义哲学家叔本华的悲观主义哲学、奥地利弗洛伊德的精神分析学说、后印象主义等形成了一种新的艺术综合。19世纪末科学技术、医学等各个学科成就颇丰,科学技术的发展导致了英国社会的变

① 福斯特:《现代的挑战》,李向东译,花城出版社1991年版,第39页。

② 金冰:《维多利亚时代与后现代历史想象》,北京大学出版社2010年版,第20页。

革，并出现了各种非理性思潮，新的道德体系也随之建立。

维多利亚时代是一个"反省代价又不断支付代价"[①]的时期。英国工业革命带来经济发展和社会进步的同时，也使传统的社会结构逐渐崩溃，传统的家庭模式日益瓦解，传统的习俗与思想受到了现代文明的挑战，表面的繁荣掩盖着危机。维多利亚时代，多重矛盾已达极限，充满着苛刻的道德束缚和伪善的宗教规约，显示出其滞后性和消极性，资本主义的迅速发展也造成了人们的精神危机，"道德虚伪"是维多利亚时期一种较为普遍的现象。第一次世界大战带来了英国社会的极大变动，文化和价值观也相应发生了改变，人们渴望有更适合社会与人类发展的新思想、新观念来打破传统、消除弊习。20世纪英国传统的文学反映社会生活，一些有社会责任感的作家开始批判维多利亚时代的价值观、道德规范和行为准则，知识分子开始质疑维多利亚和爱德华时期的文化和文学，并批判其文化保守主义，开始关注人性、关注个体精神生活和人生的价值，并以反对英国传统道德与传统文学为己任，体现了对社会伦理道德的反思，孕育了新的写作方向，即英国现代主义文学。

福斯特的作品多发表于20世纪初到二战这段时间，表现了维多利亚时期人们的社会生活。福斯特的六部长篇小说大都表现了维多利亚时期中产阶级的生活，反映了英国上层社会贵族精神的贫困和沟通的障碍，抨击了英国中产阶级的道德观和宗教观对人的本性的约束，试图表现主人公挣脱社会和不良习俗的束缚而求得个性解放。福斯特自幼受英国资产阶级自由主义的熏陶，拒绝信奉宗教，厌恶贵族和资产阶级社会中的虚伪和褊狭，反对帝国主义政策和专制统治，憎恶英国在印度的殖民政策。福斯特信奉人际关系，其影响力在二战之后逐渐趋向最高峰，他的作品再现了英国中产阶级的社会生活情况。

福斯特崇尚艺术，试图通过艺术来改造社会，坚持"崭新的却是古典的精神趣味"。福斯特对中产阶级持批判的态度，其作品有很强的社会批判倾

① 吴浩：《自由与传统——二十世纪英国文化》，东方出版社1999年版，第2页。

向。福斯特信仰人际关系，相信“爱的原则”能化解社会矛盾。福斯特塑造了一系列变化的中产阶级主人公，“变化”是他小说的一个重要主题，这与爱德华时期极具动荡、变化的背景有关。福斯特控诉了一个时代，控诉了时代变化对个人犯下的罪过。福斯特的创作呈现出变化和多元化，打破了现实主义和艺术独断论，使文化呈现出多元发展的状态。

福斯特在《霍华德庄园》中描述了心目中理想的英国：英格兰是充满生命的，所有的浪涛、鸥鸟和北风都能感受到她的力量，地貌、土壤和海岸都是她强有力的象征。英格兰显示出了她巨大的力量，为世人所称道。逝去的维多利亚时代成为福斯特创作的美好时代的象征，他在《现代的挑战》中说道：“我属于维多利亚朝自由主义者的末裔。”①这个永不再来的“美好时代”成为福斯特对本质化的理想家园、“英国人性”等想象的支撑。

福斯特对维多利亚后期到二战后这个阶段的英国社会进行了深刻的探讨，看到了维多利亚时代的弊端，但他并不想摧毁这座大厦。福斯特感到工业化使人们的精神世界支离破碎，商品经济的发展导致人的异化。人们产生了前所未有的危机感、隔绝感和怀疑感。当时的社会背景促使福斯特对资本主义社会爆发出来的危机感到厌倦和疲惫，追求和谐的边缘写作，这是和当时的主流社会背道而驰的。克里斯托弗·吉里在《福斯特概论》中评价道：“简·奥斯汀更多地继承了蒲柏和约翰逊代表的奥古斯丁时代的精神，以抗衡十九世纪初年的浪漫主义运动；福斯特将维多利亚时期的美德在二十世纪宣扬，尽管这个世纪要全盘摆脱维多利亚主义的影响。”②维多利亚时代影响了福斯特的边缘思想，直接促成了其边缘写作的形成，“我之所以绝笔于小说写作，理由之一是社会变了。我写惯了旧的世界：家庭、家庭生活、平和徐缓的世界。然而，那一切已一去不返。至于新到来的世界，它可以吸引我思索探讨，但把其写成小说，对我来说，却是不可能的了”③。

---

① E. M. Forster: *Challenge of Our Time*, *Two Cheers for Democracy*, ed. Oliver Stallybrass, vol. 11 of The Abinger Edition of *E. M. Forster*, Edward Arnold, 1972, p. 56.

② Christopher Gillie: *A Preface to Forster*, Longman, 1983, p. 67.

③ 福斯特:《现代的挑战》，李向东译，花城出版社 1991 年版，第 135 页。

第二节　剑桥大学与布鲁姆斯伯里

福斯特来自桑顿家族,此家族系伦敦克莱普汉文化圈的主要成员,该家族和文化圈对宗教仪式有所抗拒,厌恶一切怪力乱神或奇迹,后代中有很多是布鲁姆斯伯里的成员,“虽受到布鲁姆斯伯里团体的诟病,但对该团体影响深远”[①]。福斯特早年在汤桥公学读书,对主流的英国公学教育十分反感,因为公学培养的学生“体格发育好,头脑也比较发达,但心灵全不发达”,而且公学经常体罚学生,提倡爱的教育,其教育观是边缘化的。

福斯特于 1897 年在剑桥大学国王学院学习,主修古典文学和历史,十分喜欢剑桥大学自由的空气,并“找到了他自己”。剑桥大学是福斯特自由 - 人文主义精神的发源地,也是福斯特的精神壁垒。福斯特赞扬剑桥大学:“夜间,如果你在海上,在波涛汹涌的远处,看见水面上有一层雾气,看见一座被照亮了的城市,看见天际的一片洁白,正如从他们在其中还在享用着美食或是清洗着盘碟的三一学院大厅上方所能看到的情景那样,那么,这海上所折射的,就是过去也曾照耀此地的光芒——剑桥之光。”[②]福斯特评价剑桥大学三一学院的研究员威廉·乔治·克拉克最能代表剑桥大学的精神特质——正直诚笃。福斯特从 1903 年开始几次担任剑桥大学课外讲座和普通讲座的授课教师,小说理论研究专著《小说面面观》即为 1927 年剑桥大学克拉克讲座(Clark Lectures)的讲稿结集而成。1946 年福斯特获得剑桥大学国王学院名誉研究员的身份和居所,并在此度过余生。

福斯特边缘写作寻求和谐的自由 - 人文主义联结观的形成和他在剑桥大学的学习和工作经历有很大的关系。剑桥大学美丽的校园景色、学生们的自由独立的思想、对知识和真理的不断追求以及和谐的人际关系为福斯

---

① Nicola Beauman, *E. M. Forster: A Biography*, A. A. Knopf, 1994, p. 22.

② S. P. 罗森鲍姆:《岁月与海浪:布鲁姆斯伯里文化圈人物群像》, 徐冰译, 江苏教育出版社 2006 年版, 第 135 页。

特的边缘写作寻求和谐找到了途径,即自由－人文主义联结观。福斯特受剑桥大学的教师和同学影响很大,其中值得一提的教师有三位:脾气古怪的历史教师奥·布朗宁,其对和谐人际关系的追求使福斯特印象深刻;哲学教师纳·韦德对权威的蔑视、对下层劳动人民的同情和对主流社会规范的批评对福斯特的边缘政治观和社会观的形成产生了重要的影响;高·洛·狄金森教师的无神论和对自由的追求贯穿了福斯特的生活和创作。福斯特在剑桥大学的学习经历影响了他的人生态度,对他边缘写作风格的形成具有重大意义。

福斯特在剑桥大学三一学院读书期间(1901 年)加入“使徒社”,该社关注哲学与道德问题,主要受哲学家乔治·摩尔影响,奉行“亲密的友谊、真诚、奉献”的原则,其后福斯特加入了布鲁姆斯伯里文化圈。布鲁姆斯伯里是真正意义上的剑桥文化精英的沙龙,其核心成员有作家弗吉尼亚·伍尔夫夫妇、作家维多利亚·萨克威尔·怀斯特、作家福斯特、文学批评家德斯蒙德·麦卡锡、翻译家亚瑟·威利、艺术批评家罗杰·弗莱、艺术批评家克莱夫·贝尔、传记作家利顿·斯特雷奇、经济学家约翰·梅纳德·凯恩斯、画家朵拉·卡林顿、画家邓肯·格兰特、音乐家西·特纳等。除此之外,作家亨利·詹姆斯和奥尔德斯·赫胥黎、诗人托马斯·斯特恩斯·艾略特、哲学家罗素也与布鲁姆斯伯里团体很亲密。

虽然直至 1907 至 1914 年间布鲁姆斯伯里才被公众所熟悉,但它是直接脱胎于剑桥大学的,是由一些先在剑桥大学三一学院学习而后在伦敦工作的朋友们组成的。布鲁姆斯伯里的成员都曾在剑桥大学三一学院或国王学院学习和生活过,伦纳德·伍尔夫说:“我们的根和我们的友谊之根是扎在剑桥大学里的。上面提到的 13 个人中有 3 个女人、10 个男人,其中 9 个男人曾经在剑桥待过。”[①]布鲁姆斯伯里这一群体是学院派知识分子的代表,他们有着极为相近的世界观,但没有明确的纲领,并不成其为一个流派

---

① Leonard Woolf: *An Autobiography*, *Volume* 2:1911－1969, Oxford University Press, 1980, p. 11.

或运动。在剑桥大学学习、工作和生活的经历成为布鲁姆斯伯里宝贵的精神财富,他们有共通的文化素养,有着共同的教育背景和追求,他们能自觉承担人文知识分子的历史使命,即传承精神批评,批判文化霸权,启蒙和解放思想。

布鲁姆斯伯里将《伦理学原理》作为“立身、立言、立行的圣典”[①],布鲁姆斯伯里的成员爱好真善美,有很真挚的精神追求,关心艺术和教育,向往美好和光明的东西。布鲁姆斯伯里认为实现摩尔的理想要进行大量的尝试和试验,这样才能达到和谐的人际关系。相对于传统的对外部真实的追求,布鲁姆斯伯里更关注内在的真实,始终关注心灵的和谐,而不是司各特和笛福描绘的外在世界。布鲁姆斯伯里对福斯特通过“联结”寻求和谐世界观的形成有很直接的影响。

福斯特深受布鲁姆斯伯里自由论辩传统的影响。布鲁姆斯伯里鄙视传统保守的思想和感情,热衷于探讨和追寻真理。布鲁姆斯伯里的成员间“无所顾忌,无话不谈”,可以自由探讨宗教、艺术甚至性方面的问题,也可以聊聊生活中的小事,可以自由选择话题,在自由的辩论中交织着理性和智慧的光芒。1914 年一战爆发前夕,布鲁姆斯伯里已经成为英国新思想、新方法的起源地,成为英国最有影响力的文化集团。

布鲁姆斯伯里以传统颠覆者的形象进入了公众的视野。布鲁姆斯伯里反对的是“英国传统”,福斯特认为所谓的“英国传统”已经是落后和弊端的象征,它使人们既自满、虚伪、狭隘又遵纪、守法、诚实、怀疑。所谓的“英国传统”是妨碍人们破除陈规陋习去自由地过有意义的生活的障碍。福斯特呼吁人们放弃对所谓的“英国传统”即对英国的传统道德和社会习俗的盲目跟随,排除隔阂和偏见,去寻找心灵的和谐。布鲁姆斯伯里的成员自由地探讨文学、艺术、宗教和爱情,关注的始终是对真理的寻觅和精神自由的追求。布鲁姆斯伯里的边缘思想也影响了福斯特,使其在创作中大胆突破传统小

① S. P. 罗森鲍姆:《岁月与海浪:布鲁姆斯伯里文化圈人物群像》,徐冰译,江苏教育出版社 2006 年版,第 55 页。

说模式,并且大获成功。

布鲁姆斯伯里对福斯特寻求和谐的边缘写作和其自由－人文主义联结观的形成有很积极的影响。布鲁姆斯伯里的精髓就是其对生活的和谐的追求,共同享受生活和创作,体验生活的和谐。相对于一般的寻求爱情以及爱情结晶的夫妻关系,布鲁姆斯伯里珍视友谊更重于爱情,注重审美创造更重于爱情的结晶。布鲁姆斯伯里忠于自己的信仰,对权势不屑一顾,只专注于寻求属于自己内心的和谐。他们有大致相同的人生态度——有教养的人生态度,这教养是源于剑桥大学和精英文化的影响。布鲁姆斯伯里因其由剑桥大学精英知识分子构成并酝酿了英国现代主义文学的萌芽,而一跃成为伦敦乃至英国文化的中心。

布鲁姆斯伯里的成员们坚信文明社会中艺术是最重要的,他们试图通过艺术来改造社会,通过讲演、画展等形式,在剧院、书店等机构来传播艺术,提高社会的艺术水平。同时他们也坚持为审美目的而疏离现实生活,强调艺术的非功利性和独立性。福斯特也发表了对布鲁姆斯伯里成员关于艺术的看法:他认为伍尔夫的创作摒弃名利的诱惑,目的单纯,追寻艺术性;评价斯特雷奇的《维多利亚女王传》过于简单、肤浅,使人毫无印象,福斯特始终坚持艺术的非功利性和独立性。

布鲁姆斯伯里不仅在观念上影响了福斯特,还直接敦促了福斯特的文学创作。在福斯特创作之初,布鲁姆斯伯里的成员们就从文学创作的主题和象征性的符号等方面不断提出质疑,使福斯特明确创作首先要解决“它要谈的是什么问题”。同样也是布鲁姆斯伯里帮助福斯特走出创作的困境:伦纳德看到了福斯特旅居印度回来创作的《印度之行》,此时福斯特已经准备放弃写作这部小说,伦纳德却鼓励福斯特完成这部小说。事实证明了伦纳德的判断,《印度之行》成为福斯特的经典之作。同时福斯特在文学创作上也深受普鲁斯特现代主义创作手法的影响,福斯特认为普鲁斯特对人性的看法单调而阴暗,如能像简·奥斯汀一样更放开一些就会成为伟大的小说家,并自称从普鲁斯特那里学会了观察潜意识活动、观察人物的现代主义创作方法。知名作家和文学评论家伍尔夫的赞誉扩大了福斯特的影响,福斯特是伍尔夫学术上亲密的同伴。伍尔夫赞赏福斯特的小说，认为他的文学创作中的现实描写难能可贵，并在《本涅特先生和布朗太太》中批判了福斯特《小说面面观》中的美学观、人性观及生活观相对立的错误。福斯特认为《海浪》是他从剑桥大学读书期间就一直在研读的作品，并为能读到这样的经典之作而激动不已。福斯特在《弗吉尼亚·伍尔夫：瑞德讲座》中分析了伍尔夫的创作，并对其女权主义提出了不同的看法，认为其表达女权主义思想的《一间自己的房间》是伍尔夫最具代表性的作品，女权主义思想遍布在伍尔夫的所有作品之中。福斯特认为伍尔夫强调的社会是由男子驾驭的，而男子的注意力都停留在了流血、牺牲、发号施令上就未免偏颇，认为伍尔夫的"极端的女权主义之中，有些东西是很陈旧的"①。福斯特的边缘写作是有别于伍尔夫的，是温和的寻求和谐的边缘写作。

福斯特深受布鲁姆斯伯里反战思想的影响。布鲁姆斯伯里的成员反对盲目的爱国主义和英雄主义，他们始终认为战争是愚蠢之举，是政客和无耻之徒的谋利方式，他们逃避 1914 年至 1918 年的第一次世界大战，始终对战争持怀疑态度，是"服从良心的反战者"。瓦奈萨宁可被下放务农也要把两个儿子留在后方，并拒绝参与和战争有关的事情。克莱夫·贝尔看到了战争造成的流血、死亡和悲痛，认为战争是对文明的终结，它摧残了人类，这些都直接促使福斯特反战、反殖民的边缘写作的形成。福斯特在作品中讽刺了英国殖民者的所作所为，并多次在电台发表反法西斯演讲，高呼"历史告诉我们，前人一直在剑的阴影下从事创造……我们最好能在飞机的阴影下效法前人之榜样"②，表达了对主流的战争和殖民主义思想的批判。

布鲁姆斯伯里的"强调人与人之间的交往、美的享受和追求知识的勇气"深深地影响了福斯特，对英国传统观念和心灵发育不良现象进行了无情

① 爱·摩·福斯特：《弗吉尼亚·伍尔夫》，引自瞿世镜编选，《伍尔夫研究》，上海文艺出版社 1988 年版，第 18 页。

② 福斯特：《现代的挑战》，李向东译，花城出版社 1991 年版，第 137 页。

的讽刺和批判①。很显然,当时英国所处的社会历史背景对福斯特边缘写作和其自由-人文主义联结观的形成产生了密不可分的影响,而由布鲁姆斯伯里的反传统精神和自由平等交流中产生的小环境促使他的边缘写作和自由-人文主义联结观的形成和成熟。

第三节 家庭因素

霍妮的早期决定论认为,社会文化中的矛盾关系通过个人的家庭环境尤其是亲子关系来产生影响,个人的家庭环境尤其是亲子关系的失调是形成焦虑的直接原因。福斯特成长于"一个女性维多利亚之家,畸形、娴静、呆板的家庭氛围"②,他是家中唯一的男性,女性情结浓厚,女性气质旺盛,感情脆弱。福斯特由于家庭关系的失调形成的恋母情结以及其边缘同性恋身份造成了其写作的边缘性,同时他的恋母情结也导致了他同性恋身份的隐匿和寻求和谐的自由-人文主义联结观的形成。

福斯特1879年出生于伦敦,外祖父在他还未出生时就去世了,福斯特的父亲爱德华·摩根·卢埃林·福斯特(Edward Morgan Llewellyn Forster)是个强调道德责任感的福音派信徒,在福斯特1岁时死于肺结核,是一名建筑师。福斯特的母亲爱丽丝·克拉拉·维切罗(Alice Clara Whichelo),比他的父亲小八岁,来自西班牙平民家庭。由于害怕再失去他,母亲及家人都对福斯特呵护备至。福斯特童年和外祖母生活在一起,直到福斯特32岁时外祖母去世,福斯特以她为原型塑造了《看得见风景的房间》中的霍尼丘奇太太。福斯特的大姨奶奶玛丽安·桑顿,1887年去世,在遗嘱中专门为了福斯特的生活和教育存款8000英镑,在福斯特21岁时将本金交还给他,保证了福斯特的物质生活,后来福斯特花了六七年整理并于1946年出版《玛丽

① 苑辉:《谈〈天使不敢涉足的地方〉"发育不良的心灵"的主题》,载《辽宁工程技术大学学报》2004年第5期,第542页。

② P. N. Furbank: *E. M. Forster: A Life*, Oxford University Press, 1979, p. 365.

安·桑顿传》。

母亲在生育福斯特之前曾多次流产，为了培育儿子终身未再嫁，1945 年去世，一生中的大部分时间都与福斯特同住。母亲始终主宰着他的生活，有意识或无意识地影响着他的一生。福斯特童年时期就表现出了自由－人文主义寻求“和谐”的世界观，不敢真实地表达自己，唯恐母亲生气。福斯特六岁时与母亲的对话暗示了他的恋母情结：

> 福斯特：亲爱的，我长大后会每天看你。
>
> 母亲：如果你喜欢，你可以和我一起生活。
>
> 福斯特：那是最好，我将只与你坐在一起，一起外出走访。
>
> 母亲：当你结婚了，妈妈该怎么办？
>
> 福斯特：那我只有与妈妈结婚。①

按照弗洛伊德的精神分析法，孩童时期是恋母情结的发生时期，在这一时期没有形象可供认同，就极有可能成为同性恋者或恋母者，福斯特一生都徘徊于性心理发展阶段中的恋母情结时期，而且“他想要这种爱情一直持续下去，生怕有什么变化的危险”②，福斯特用自己的亲身经历验证了这一理论。

福斯特与母亲的关系是影响其性格形成及文学创作的重要原因，并直接导致了其同性恋身份的隐匿。母亲在教育、培养福斯特成长的过程中无意识地强化了他的女性意识，使他成为一个隐匿的同性恋者。福斯特在文学创作中无意识责怪、再现了母亲的形象，无意识地流露出对母亲的既爱又恨的双重态度，表现出来对母亲的责备和不满，直接影响了他的文学创作。

福斯特生长于单亲家庭以及与母亲的亲密关系使他产生了畸形的恋母情结，为福斯特成为同性恋者埋下了伏笔，直到福斯特到了剑桥大学后“他认识了他自己”，明确了自己是一个同性恋者。此时福斯特陷入了一个困境：一方面，福斯特渴望公开同性恋身份；另一方面，他受到母亲道德观的影

---

① P. N. Furbank：*E. M. Forster：A Life*, Oxford University Press，1979，p. 19.

② P. N. Furbank：*E. M. Forster：A Life*, Oxford University Press，1979，p. 21.

响而觉得同性恋身份是一种羞愧和耻辱,只能维持隐匿的同性恋身份,这种苦闷在现实中找不到发泄的途径就只能寄予在文学创作中,于是他创作了一系列边缘的同性恋形象。

福斯特的边缘同性恋身份使其终身未婚。克劳德·萨默斯教授认为,福斯特"比自己同时代任何其他具有想象力的作家都更好地表征了现代同性恋解放的观点"①。劳伦斯认为同性恋身份使福斯特陷入了困境,认为他表现得少,隐匿得多,并希望他能够勇敢地实现身体与灵魂的自由。福斯特在日记中也提到:"我应该成为更加出名的作家,如果我能写得更多,发表得更多,但是性这一问题妨碍了后者。"英国当时的法律对同性恋很严苛,对同性恋有很严重的惩罚,一经发现就会被终身监禁。在这样严苛的环境下,福斯特选择隐匿自己的边缘同性恋身份,这使他倍感痛苦。但是作为天才作家,他在作品中反映了自己的情感和生活经历,文学创作是他情感发泄的重要渠道。福斯特表达了"他想把他的《莫里斯》出版了,但是他不能这样做,是为了他的母亲"②。福斯特为了保护母亲,只能选择隐匿自己的边缘同性恋身份。

后来因母亲年纪较大,性格古怪,脾气暴躁,他与母亲在感情上产生了从未有过的危机。霍妮认为,焦虑是神经症的中心,是个人"在一个充满潜在敌意的世界里所抱有的一种孤独和无助的感觉"③。"家庭生活的快乐已荡然无存,只有离家才可能有幸福。"④"我经常想起和母亲的不愉快……我认为她太要赖,并没有找到权威的男性对她的包容和爱,而这种爱才能让她快乐!"⑤福斯特陷入极度的矛盾和痛苦之中。

母亲于 1945 年 3 月去世,此时福斯特已经 60 岁了,但他仍觉得一切都

---

① Claude J. Summers: *E. M. Forster*, Fredrick Ungar Publishing Co. Inc. ,1983, p. 78.

② *Selected Letters*. Volume Two, Collins,1985, p. 159.

③ 卡伦·霍尔奈:《我们的内心冲突》,上海文艺出版社 1998 年版,第 16 页。

④ P. N. Furbank: *E. M. Forster: A Life*, *Vol.* 1, *The Growth of the Novelist*(1879 – 1914), Secker and Warburg,1977, p. 7.

⑤ Gardner Philip: *The Journals and Diaries of E. M. Forster*, Volumes I – III, Pickering and Chatto, 2011, p. 813.

毁灭了，去美国时福斯特也带着母亲的照片，“只要我活着，她就不会被遗忘”①。福斯特去世前写了最后的日记：“我的生命大概接近了尾声，这一直是成功、快乐的尾声——现在吃晚饭！”②然而“他并不害怕，能够自我缓解，也因为谦逊和自信的完美平衡是他价值观的主导”③。

福斯特与母亲的关系直接影响了福斯特的边缘写作和寻求和谐的自由－人文主义联结观的形成。福斯特给 J. R. 阿克勒（J. R. Ackerley）写的信中表达了母亲对他的影响：“尽管我的母亲在过去的 30 年中，有时是令人讨厌的，她可能压抑了我的智慧，阻碍了我的职业，影响了我的房间的美观，抵制我的所爱，但是我必须承认她也给我提供了我成长的最好的土壤，休息的温暖的环境。”④

纵观福斯特的一生，他的童年生活经历、恋母情结、边缘同性恋身份的隐匿以及社会、文化、历史环境等因素对福斯特边缘写作的形成和其寻求和谐的自由－人文主义联结观的形成产生了重要的影响，我们在他的边缘思想中更可以体会到这一点。

---

① Gardner Philip: *The Journals and Diaries of E. M. Forster*, Volumes I – III, Pickering and Chatto, 2011, p. 815.

② Gardner Philip: *The Journals and Diaries of E. M. Forster*, Volumes I – III, Pickering and Chatto, 2011, p. 679.

③ Edwards Mike: E. M. Forster: The Novels, Macmillan Press, 2001, p. 201.

④ Gardner Philip: *The Journals and Diaries of E. M. Forster*, Volumes I – III, Pickering and Chatto, 2011, p. 315.

第二章　福斯特思想的边缘性

本章探讨福斯特思想的边缘性。福斯特生活在英国维多利亚和爱德华时期，这一时期英国的社会、历史和文学等都发生了巨变，现实的精神文化生活已经不能适应发展的需要，福斯特的边缘写作批判了这一时期主流的价值观念。

第一节　福斯特性爱观的边缘性

一、维多利亚时代对同性恋的拒斥态度

匈牙利报刊作家卡罗力·玛利亚·科特伯尼 1869 年第一次使用了"同性恋"这个词，简单地说就是性吸引同一性别的人。维多利亚时期，西方对同性恋一直持拒斥态度。《圣经》讲道："人若与男人苟合，像与女人一样，他们二人行了可憎的事，总要把他们治死，罪要归到他们身上。"①同时，同性恋被处以苦役、宫刑、放逐、火刑、活埋等重罚。英国国王亨利八世 1533 年制定法律，一经发现，同性恋即被判处死刑，此后英国法律一律按此规定执行。在警察、道德、法律和科学等社会规范的制约下，同性恋成为以异性恋规范为行为准则的秩序中的另类。

福斯特主要生活在维多利亚和爱德华时期，英国女王维多利亚 18 岁继承王位后便致力于性禁锢运动，性观念非常保守。维多利亚女王明确规定，

---

① 《旧约·利未记》20 章 13 节。

女人必须穿上一层又一层僵硬宽大的衣服，以防人们可以轻易窥察到女人的大腿和臀部，任何作品都不能出现女人的大腿，所有的家具和钢琴的腿都应该包起来，防止联想到女人。鸡腿肉被称为“黑肉”，鸡胸肉被称为“白肉”。布赖恩·斯特朗在《美国1890—1920年性教育的起源：对于维多利亚时代性生活的调查》中提到：维多利亚时代的人确信，人的性行为应该是值得效仿的，它是一个人的品格支柱的源泉；他们认为，一个人应该克制自己的习性，使努力、勤奋、忠顺等良好的习惯和高尚的理想都获得维多利亚式的价值观。女性宁肯忍受身体上的苦痛，也不愿意把赤裸的身体展现于人前。维多利亚时代人们的生活变得单调和乏味了，性仅仅是为繁衍后代。人们认为正派斯文的女人是没有性要求的，甚至告诉小男孩手淫会导致神经病，遗精是一种病态，性交过度会导致性能力丧失。男孩只能从仆人或者妓女那里学到性，人性被压抑，整个社会处于性禁锢的状态。

同性恋者一直处于边缘地位。正常的夫妻性生活都被认为是猥琐的行为，对同性恋的制裁更加严苛。同性恋在医学上被认定为病人，法律上被界定为犯人。教堂司铎彼得·格林1931年在《正确行为的问题》中提出同性恋是一种病症，应该像其他的病症一样接受治疗并受到惩罚。虽然公开的“有伤风化行为”是明令禁止的，但没有涉及刑事惩罚，直到1885年英国政府推出了《刑法修正法》，首次将同性恋定位为刑事犯罪。

后维多利亚时代的卫道者狂热到了极点，他们制定了一系列的措施防止出现同性恋行为。在公学中最为明显，所有的学生都处在被持续的监视之下，年长的必须远离年幼的学生，甚至对教师也做出了明文规定，就算是开着房门也不能和学生单独在房间里超过十分钟，以“防止他们品行不端”。英国的同性恋文化在这样残酷的压制下转移到了地下，英国的同性恋者或是迎合异性恋，或是选择隐匿自己的同性恋身份。

在维多利亚时期性封锁的情况下却出现了一群异类，即“娼妓、嫖客、拉皮条的、精神病医师和他的歇斯底里病人——这些人被斯蒂芬·马尔库斯称为‘另一类维多利亚时代的人’——似乎悄悄地把不可说出的快感变成了可以计价的东西"①。福柯在《性经验史》中提出,我们是"另一类维多利亚时代的人",长期以来忍受着维多利亚时期对性的禁锢,对性保持着缄默的态度,只有在妓院和诊所才能说出这一秘密。另一类维多利亚时代的人除了包括上述之外,还有同性恋形象,他们虽然被排除在维多利亚时代的主流之外,却仍然是社会不可回避的存在,甚至从某种意义上来说,他们是联结维多利亚时代和后现代主义文化的桥梁和纽带,因为具有后现代文化特征的如性科学、同性恋文化、消费文化等种种现象均可在这些被主流话语压制的"另一类维多利亚时代的人"身上找到根据。

维多利亚时期英国的同性恋及其活动始终处于一种边缘和矛盾的状态,他们中的大多数人过着双重精神生活,有着特殊的语言、行为和聚会地点。维多利亚时期出现了同性恋的温床、大量的男子俱乐部和许多有关同性恋的自传和小说,包括著名的杰克·索尔的《平原城市的罪恶》和弗兰克·哈里斯的《我的隐秘生活》等等。一方面,同性恋者是对传统父权价值体系的反叛,几千年来延续的传统父权价值体系给了他们巨大的压力,另一方面是同性恋者真实的自己和本能的欲望,同性恋者夹在其中处于尴尬的两难境地。

受到维多利亚时代道德禁锢的影响,同性恋身份因不符合社会伦理道德规范而受到唾弃。英国最为知名的同性恋案件是王尔德被判两年监禁,此案件不但使"同性恋"一词进入公众视野,也使大众对同性恋产生了恐惧,使同性恋更为边缘化;福斯特在伊顿公学的导师奥斯卡·布朗宁在同性恋丑闻之后也被解雇;1896 年爱德华·卡彭特的《爱的成年》被停止出版和销售。面对维多利亚时期的道德禁锢和社会压力,包括福斯特在内的许多作家选择了隐藏自己的边缘同性恋身份。

随着现代社会思想解放运动的发展,边缘同性恋现象逐渐受到了关注,很多同性恋作家也陆续选择公开自己的同性恋身份。萨拉·沃特斯作为同性恋作家,认为其同性恋身份并不会让他陷入危险的境地,最起码在英国不

① 米歇尔·福柯:《性经验史》,佘碧平译,上海人民出版社 2002 年版,第 4 页。

会,因为现在“同性恋已是非常、非常能够被接受的事实了”①,逐渐被社会接受和理解。

二、福斯特同性恋身份的隐匿

同性恋的身份认同一直困扰着福斯特。福斯特幼年丧父,他的童年和少年时期都生活在女人圈里,父爱的缺失导致福斯特潜意识中有着强烈的对男性气息的渴望,他在米尔索普村就曾渴望去爱一个来自社会底层的强壮男人。其后福斯特深受剑桥大学宽松自由的氛围和布鲁姆斯伯里“强调人与人之间的交往的美好享受和追求知识的勇气”的性及同性恋爱自由的影响,并宣称直到三十岁自己才了解恋爱关系。福斯特的第一次恋情是与“阿巴斯沙龙”的成员休·梅雷迪思(Hugh Meredith),这个沙龙奉行“真诚、友谊、奉献”的原则,福斯特认为此事是他年轻时期除了抛弃宗教信仰的第二个重大发现,福斯特称与他的交往意义深远,因为认同了自己的同性恋身份。《霍华德庄园》出版时,青年作家引起了福斯特的注意,“他对青年男子一直有一种类似女性的爱慕之情”②。

第二次恋情是与印度人穆萨德(Syed Ross Massood)。福斯特曾说,“东方国家的幸福和平等使我的印度之行如此的美妙”③,以埃及和印度为代表的东方国家在同性恋方面的自由对福斯特的影响很深。1906 年马苏德师从福斯特学习拉丁文,后来福斯特去印度见马苏德并创作了《印度之行》。在印度福斯特还专门拜访了卡彭特,后者对福斯特的生活和创作有着深远的影响。卡彭特是 19 世纪末英国著名的社会改革家、诗人以及公开的同性恋者,他认为:性爱是平等的,可以建立真正的民主,性爱可以跨越阶级和阶层的约束,甚至把社会上差别最大的阶层结合在一起。1913 年福斯特专程拜访他后说道:“我将他看作是掌握一把能解决一切困难的钥匙的人。通过

---

① 张悦然等:《鲤·上瘾》,江苏文艺出版社 2010 年版,第 72 页。

② 董翔晓、鲁效阳、谢天振等:《英国文学名家》,黑龙江人民出版社 1984 年版,第 381 页。

③ E. M. Forster: *Two Cheers for Democracy*, Edward Arnold, 1951, p. 61.

洛斯·迪金森,我就像接近救世主一般去跟他打交道。"[①]据传记作家菲·尼·费尔班克记载,卡彭特使福斯特为自己的自负和坐立不安感到羞愧,福斯特从来没有在其他人身上感觉到如此大的威力。卡彭特和恋人乔治·梅里尔给福斯特留下了深刻的印象并激发了他的创作火花;其间卡彭特触碰了他腰眼下面的部位,而那一下"感觉非同寻常",使福斯特有了要表达的冲动。福斯特所构思的是自传体长篇小说《莫瑞斯》,结尾显然是卡彭特与其情人梅里尔的写照。

第三次恋情是与电车司机穆罕默德·艾尔·阿多(Mohammed el Adl)。福斯特在第一次世界大战中加入国际红十字会并前往埃及,与阿多相识并展开第一段包含性关系的同性恋情。福斯特写信把这一段经历告诉了他的剑桥友人:"这不是幸福,而是一种冒犯阶段,而我却第一次感觉自己成长了"[②],"第一次得到满足并有自由之感",友人给他回信并表示了赞许及鼓励。

福斯特写作《看得见风景的房间》献给剑桥好友 H. O. 梅雷迪恩(也是同性恋者)。福斯特后期和哈利·戴里及罗伯特·巴金汉成为短期或长期恋人,在巴金汉及其妻子的照料下安度晚年。对此,1932 年福斯特写道,51 岁至 53 岁的两年是如此快乐,这种快乐已经持续两年并将继续,快乐是源于本性的满足而不是通过宗教奇迹来获得,福斯特终于获得了其同性恋身份的认同。

福斯特选择逃避、隐匿自己的同性恋身份,他曾在 1953 年接受采访的时候说,已经后悔没再多写一点,但是作为一个同性恋者,福斯特已经对写寻常男女之间正常的婚姻关系腻烦了。福斯特生活在女性的呵护氛围中,形成了独特的同性恋气质,这使其边缘写作具有了特殊性,在《印度之行》后福斯特就不再创作小说。劳伦斯意识到了福斯特的矛盾:"他隐藏的比他表

---

① 爱·摩·福斯特:《莫瑞斯》,文洁若译,文化艺术出版社 2002 年版,第 274 ~ 275 页。

② Robert K. Martin: *Edward Carpenter and the Double Structure of Maurice in Jeremy Tambling*, Macmillan, 1995, p. 92.

现出的要多。但他还没有到不可拯救的地步。我希望能看到他与灵魂的结合。"[①]直到1967年英国的同性恋才合法化,而福斯特选择一直隐匿自己的同性恋身份,于是他的创作和生活呈现出分裂的状态。福斯特曾在日记中写道:"我应该成为更加出名的作家,如果我能写得更多,发表得更多,但是性这一问题妨碍了后者。"[②]福斯特在创作中不敢公开描写同性恋题材,这就限制了他的文学创作。阿诺德·班内特也认为:"如果福斯特为公众写作,那么他将会成为全英格兰最受欢迎的作家;如果他为自己写作,他可能会创造出一流的作品,但这对他的事业来说是个可怕的危机。"[③]

福斯特写完《莫瑞斯》并没有打算出版:"可以出版——然而,值得吗?"[④]随着《莫瑞斯》(1971年)和短篇小说集《来生》(1972年)的出版,生前发表的作品中所隐匿的边缘同性恋主题才逐渐引起人们的关注。

三、福斯特塑造的边缘同性恋形象

福斯特的同性恋身份影响并渗透到了他的文学创作中,学界普遍认为他从未成功地描写过男女之间的爱情和婚姻,《看得见风景的房间》中的露西与乔治,《霍华德庄园》中的玛格丽特与威尔科克斯先生,《印度之行》中的阿黛拉与罗尼,甚至短篇小说《另类王国》中的伊芙琳与哈柯特,笔下男女主人公的爱情和婚姻总是缺乏和谐,缺少沟通而趋向平淡。与此同时,福斯特却非常擅长描写男男之间的关系,《天使不敢涉足的地方》中的吉诺与菲利普,《看得见风景的房间》中的乔治、弗雷迪与毕比先生,《最漫长的旅程》中的里基与安塞尔,以及《印度之行》中的阿齐兹与菲尔丁,对男男关系的描写自然、亲密。福斯特的文学创作中隐匿着同性恋倾向,尤其体现在其自传

① Jeffrey Meyers: *Homosexuality and Literature*, 1989 – 1930, McGill Queen's University Press, 1977, p. 98.

② Eve Kosofsky Sedgwick: *Between Men: English Literature and Male Homosocial Desire*, Columbia University Press, 1985, p. 78.

③ Leonard Woolf: *An Autobiography*, *Volume* 1: 1880 – 1911, Oxford University Press, 1980, p. 245.

④ 爱·摩·福斯特:《莫瑞斯》,文洁若译,文化艺术出版社2002年版,导言第5页。

体长篇小说《莫瑞斯》中。

莫瑞斯和福斯特一样生活在女性的氛围中，父亲是成功的企业家，剑桥大学是父亲的母校，母亲在这个家中起决定性作用，一家人住在伦敦郊外的宅子中。莫瑞斯在认同其同性恋身份时经历了三次精神危机。

第一次精神危机是在家里。莫瑞斯的两个梦暗示了他对自己同性恋身份的困惑。首先梦到了小园丁乔治，乔治赤裸着身子，沿着田野朝他奔跑，但当他们互相抓住对方的时候强烈的失望使他瞬间惊醒，莫瑞斯只觉得自己是生了病才会做这样的梦。第二个梦中他隐约看到了一个面孔，并听到有个声音说“这是你的朋友”。莫瑞斯认为这样的朋友是值得奉献的，什么都不能让他们分离。

紧接着寄宿学校的老师向莫瑞斯灌输异性恋的观念。在莫瑞斯要升入公学时教务主任杜希先生在河滩公开跟莫瑞斯讨论性，并且画了一个直观图。杜希先生认为人生的意义就在于爱高尚的女子，保护和侍奉她，并描绘了女性的光辉，这一谈话直接诱使莫瑞斯得出结论——“我认为我是不会结婚的”①。学校的另一位老师亚力克·沃甚至认为，学生步入社会是要通过婚姻和异性关系的渠道，“黑暗将少年笼罩住”②，这一认知使莫瑞斯进入了同性恋身份认同的困境。

再次发生精神危机是在莫瑞斯进入剑桥大学遇见德拉姆之后。德拉姆家族是教区内唯一的望族，他也是早年丧父，家中只有母亲和两个妹妹，成长于女性环境中。德拉姆十六岁那年就因为同性恋问题备受折磨，对所有人都绝口不提自己的同性恋倾向，结果患上了神经衰弱而被迫退学，却在康复期后爱上了陪伴自己的已婚青年。德拉姆对三位一体教义进行了抨击，“我是个异端分子，我不是个基督教徒”③，他的这一论调使莫瑞斯震惊和困惑，并“为耶酥赎罪进行辩护”④，这直接导致莫瑞斯放弃宗教信仰，两人产

① 爱·摩·福斯特:《莫瑞斯》，文洁若译，文化艺术出版社2002年版，第9页。
② 爱·摩·福斯特:《莫瑞斯》，文洁若译，文化艺术出版社2002年版，第10页。
③ 爱·摩·福斯特:《莫瑞斯》，文洁若译，文化艺术出版社2002年版，第40页。
④ 爱·摩·福斯特:《莫瑞斯》，文洁若译，文化艺术出版社2002年版，第49页。

生了真挚的同性恋情。但德拉姆是家族中唯一的男性继承人,必须遵循家族中的等级秩序,而他又在希腊之行中爱上了女性,这直接导致了莫瑞斯的又一次精神危机。

随后莫瑞斯经历了第三次精神危机。莫瑞斯在这场情变中变得没有了理智,甚至对生活失去了信心。莫瑞斯想到相信科学并去寻求医学的帮助,但当时同性恋是要严格保密的,也没有专门的医生。巴里医生认为他是正常的,当莫瑞斯鼓足勇气承认“我是奥斯卡·王尔德那种难以启齿的人”①时,巴里医生一直强调让莫瑞斯抵挡住来自“魔鬼”的诱惑。克莱夫此时早已移情别恋,“条条道路好像都堵死了”②。这时莫瑞斯想到了自杀,“日以继夜,死亡般的无止境的静寂笼罩着这个青年”③,但此时外祖父的去世“促使他继续洗心革面”④。莫瑞斯相信法律、医学和科学并试图向中产阶级的男性形象靠拢,但看守猎场的下等人阿列克却给了他莫名其妙的感觉。

“阿列克既不是英雄,也不是神”⑤,但他真正来到了莫瑞斯的身边。福斯特根据他和穆罕默德·艾尔·阿多的同性恋情描写了莫瑞斯和阿列克的恋情,事实上,福斯特直到快 40 岁爱上了在亚历山大工作的一位埃及的电车司机才体验到持续的令人满意的性关系,这是福斯特的真实感受。在阿列克的恋情鼓励下,莫瑞斯违背了中产阶级的身份,勇敢地蔑视法律和科学,与阿列克结合在了一起。莫瑞斯勇敢地与阿列克徜徉在大自然中,获得了真正的自由和快乐。在这一过程中,反思多年同性恋身份认同的困惑,莫瑞斯终于勇敢地接受了自己,这并不是三天之内做出的决定,而是长达六年之久,莫瑞斯原来一直虚伪地生活着,现在终于认清了自己,明确了自己爱的是男人,希望能够拥抱男性,并将自己的人生和他们的缠绕在一起。莫瑞斯向阿列克说出了“我爱你”,“并实现了柏拉图所倡导的那种结合”。⑥ 卡

---

① 爱·摩·福斯特:《莫瑞斯》,文洁若译,文化艺术出版社 2002 年版,第 171 页。
② 爱·摩·福斯特:《莫瑞斯》,文洁若译,文化艺术出版社 2002 年版,第 175 页。
③ 爱·摩·福斯特:《莫瑞斯》,文洁若译,文化艺术出版社 2002 年版,第 146 页。
④ 爱·摩·福斯特:《莫瑞斯》,文洁若译,文化艺术出版社 2002 年版,第 151 页。
⑤ 爱·摩·福斯特:《莫瑞斯》,文洁若译,文化艺术出版社 2002 年版,第 260 页。
⑥ 爱·摩·福斯特:《莫瑞斯》,文洁若译,文化艺术出版社 2002 年版,第 82 页。

彭特认为福斯特结束了一场纷争,结局虽然有些浪漫且不易实现,但只有那些理解的人才懂得欣赏。莫瑞斯的成长经历了三个阶段:认同同性恋身份、认识到情欲是理想之爱必备以及冲破阶级束缚走上对中产阶级的伪善异性恋的反叛之路,最后回归到大自然中。莫瑞斯的三次精神危机体现了他对真正自我的追求,通过反抗中产阶级社会的道德观念,莫瑞斯终于找到了自己情感和精神的归属。福斯特在《莫瑞斯》结尾的札记中指出莫瑞斯和阿列克的恋情是注定难以实现的。福斯特出于自己的内心而让他们在虚构的世界里结合,无论如何要实现两个男人之间的爱情,并且在文学创作规律的允许下实现自己的愿望,把爱情延续下去。从这个角度来说,莫瑞斯和阿列克应该幸福地在绿林中徜徉。

福斯特于 1914 年完成了《莫瑞斯》的初稿,随后进行了几十年的修改,直到他去世的第二年才公开发表,这一漫长的修改过程体现了福斯特对自己同性恋经历的探索,同时也打上了时代的烙印。福斯特早期对同性恋情的困惑在莫瑞斯与克莱夫的身上得到了体现。王尔德同性恋事件发生时,福斯特开始意识到自己的同性恋倾向,彼时福斯特也是剑桥学生,爱上了同班同学梅雷迪斯,但是他们除了拥抱和亲吻没有性爱,这一段情节来自于福斯特本人的亲身经历。

福斯特在《莫瑞斯》中不仅探讨了同性恋的问题,同时也直面了现代人的困境,世人看上去道貌岸然,表面上能够体贴别人,但是骨子里却透露着冷漠,对他人则漠不关心。《莫瑞斯》在更深的层次上质疑了正常的中产阶级的人际关系,成年人不仅总是欺凌弱小,而且还互相倾轧。福斯特困惑孤寂的心境在《莫瑞斯》中得到了充分的体现:莫瑞斯最终又回到了孤寂中,就如同遇到克莱夫之前以及和克莱夫分手之后的孤寂,这样的孤寂也许会一直持续下去。莫瑞斯彻底失败了,然而让他更难过的是阿列克也同样失败了,就如同当年的他一样。在某种特定的意义上来说,莫瑞斯认为他和阿列克是同一种人。通过爱,偶尔能获得乐趣,爱是一种崇高的感情,但最终,

“爱是成不了什么气候的”[①],福斯特通过莫瑞斯表达了自己的悲观主义思想。

第二节 福斯特宗教观的边缘性

一、质疑宗教信仰

福斯特在《我的信仰》一文中强调:“我不相信信仰。”[②]“主啊,我无信仰——拯救我这无信仰者吧!”[③]“然而,我无可选择地降生于一个信仰的时代——从童年时起我就听惯了颂祷之声。它令人很不舒服,可以说是令人恐怖。”[④]虽然生在一个信仰的时代,但福斯特对宗教信仰一直持质疑的态度。

福斯特早期受到周围环境以及姑姑的影响,信仰基督教。他年轻时期的重大发现,“第一个是抛弃宗教信仰”[⑤],十九岁起就开始质疑维多利亚时期的宗教观念,并形成了自己的世界观。《我的信仰》中说道:“我不信仰伟人,他们在自己周围造出清一色的沙漠旷野,有时甚至是血泊。我总是以一个小人物的愉快心情看着伟人的倒台。”福斯特51岁至53岁的两年是如此的快乐,而快乐来自于人的本性,而不是宗教神迹。福斯特认为宗教信仰束缚人的思想,是对人性的摧残,而自由一向是人生的关键和最为宝贵的东西。

福斯特在创作中也提到了宗教信仰问题,《最漫长的旅程》中斯蒂芬推翻了摩西式的宇宙创立学,福斯特强调,斯蒂芬勇敢地指出了《福音书》里种种自相矛盾的说法。《印度之行》中福斯特更为激烈地强调,最好的结果是

① 爱·摩·福斯特:《莫瑞斯》,文洁若译,文化艺术出版社2002年版,第258页。
② 福斯特:《现代的挑战》,李向东译,花城出版社1991年版,第1页。
③ 福斯特:《现代的挑战》,李向东译,花城出版社1991年版,第1~2页。
④ 福斯特:《现代的挑战》,李向东译,花城出版社1991年版,第2页。
⑤ 董翔晓、鲁效阳、谢天振等:《英国文学名家》,黑龙江人民出版社1984年,第379页。

你信仰你的宗教，我信仰我的宗教，这样是最好的，因为没有任何信仰能够把全体印度人都联结起来，而摩尔夫人信奉的“爱”可以，福斯特通过作品说出了自己对宗教信仰的质疑。

福斯特在短篇小说《安德鲁斯先生》和《莫瑞斯》中分别把宗教看成“活着的人头脑中的幻想”和“不起作用的神经”，并在作品中塑造了一系列质疑宗教信仰的“异教徒”。《莫瑞斯》中的德拉姆最初是虔诚的基督徒，但是备受自身同性恋倾向的困扰，为了得到救赎而过起了斋戒生活。但他受到柏拉图《斐德罗斯篇》的影响，认为“凡是我行我素，而不是遵奉既定的行为准则的人，最后都必须放弃它”[①]，并最终放弃了基督教信仰。德拉姆直接影响了莫瑞斯并动摇了他对基督教的信仰，莫瑞斯发觉在没有上帝的庇佑下灵魂是可以存在的，快乐是来自于实实在在的生活，这种探索超过了一切“天国”传说，于是他也放弃了宗教信仰。

福斯特在作品中也塑造了基督教的代表，即一系列虚伪、自私和丑陋的牧师形象。《看得见风景的房间》中的毕比牧师是一个符号化的存在，他看轻爱情与婚姻，在得知露西与塞西尔解除婚约时劝解道，虽然婚姻使人生活如意，但独身生活其实更美好。《莫瑞斯》中的教区长伯雷尼乌斯先生外表丑陋且常带着嘲弄的微笑，偶然得知斯卡德没有受过坚振礼，只担心未来受到牵连而不是关心斯卡德本人。

福斯特在《看得见风景的房间》中还具体地描写了几次冲突，塑造了更为鲜明的虚伪牧师形象。福斯特通过伊格牧师与艾默森先生的对比来说明伊格牧师的冷酷：在圣米尼亚托教堂，艾默森先生看到渴望与其接触的孩童摔倒在伊格牧师的脚趾上时，气愤地说伊格牧师是可恶的冷酷的主教，并对露西说道，一个孩子抵得过一打圣徒，孩子可以抵得过天堂，孩子跌倒并吓坏了，除了这些，教堂还有什么，艾默森先生说出了他对宗教的怀疑。第二次是在伊格牧师讲解圣米尼亚托教堂的事时，伊格牧师认为它是由人们的信仰建成的，是充满着中世纪艺术风格的信仰建成的。艾默森先生则从另

---

① 爱·摩·福斯特：《莫瑞斯》，文洁若译，文化艺术出版社2002年版，第70页。

外的角度指出，谈何信仰，这只不过是由工人们没有得到的报酬建成的，这引起了伊格牧师的极度不满。当艾默森先生为自己的出言不当而去道歉时，他诚恳地说“生来富于同情心……善于发现别人的优点……人人都是兄弟的理想”①，伊格牧师也只是冷冰冰且鄙夷地说，一切只能归咎于教堂太小，伊格牧师的冷酷与艾默森先生的热情形成了鲜明的对比。伊格牧师认为艾默森先生只配被人冷漠地对待，伊格牧师心胸很狭窄，他四处散播谣言，诋毁艾默森先生：“那个人杀害了自己的妻子”②。伊格牧师忽视人正常的情感需求，当发现车夫法厄同与普西芬尼接吻时，斥责这对恋人分开，并没收了小费作为惩罚。艾默森先生珍视人的情感，认为有一对恋人来赶车是最难得的，拆散了他们才是渎圣罪，但最终在伊格牧师的坚持下这对恋人被迫分开。伊格牧师认为这是一次胜利，而艾默森先生却从另外的角度提出牧师也没有权力管束人们的心灵。当艾默森先生找不到乔治，并认为他有可能被人杀死时，伊格牧师却鄙夷地认为在现实面前，这种人（艾默森先生）免不了是要精神崩溃的。伊格牧师与艾默森先生形成了鲜明的对比，一个虚伪、自私、冷漠的牧师形象跃然纸上。

福斯特放弃了宗教信仰，塑造了一系列丑陋的牧师形象，反抗宗教对人性的压抑。福斯特相信人们内心最真实自然的情感和真诚的联结，拒绝信奉宗教。福斯特崇尚个人主义与自由主义，“我不信仰伟人”③，“我当然有权宣称我信仰私人关系”④，在《文化与自由》中他强调“就职业而言，我是作家”⑤，“如果我不得不在背叛祖国或背叛朋友里二者择一，我希望我有勇气背叛祖国”⑥，他自称为“一个个人主义者兼自由主义者”⑦。福斯特对于人们没有神秘的信仰，对个人则有。福斯特同时也讨论了个人主义对信仰的

---

① E. M. 福斯特：《看得见风景的房间》，巫漪云译，上海译文出版社 2014 年版，第 28 页。
② E. M. 福斯特：《看得见风景的房间》，巫漪云译，上海译文出版社 2014 年版，第 60 页。
③ 福斯特：《现代的挑战》，李向东译，花城出版社 1991 年版，第 9 页。
④ 福斯特：《现代的挑战》，李向东译，花城出版社 1991 年版，第 2 页。
⑤ 福斯特：《现代的挑战》，李向东译，花城出版社 1991 年版，第 16 页。
⑥ 福斯特：《现代的挑战》，李向东译，花城出版社 1991 年版，第 3 页。
⑦ 福斯特：《现代的挑战》，李向东译，花城出版社 1991 年版，第 14 页。

影响,认为个人主义是没有办法摆脱的,人们独自出生并独自死亡,对出生的记忆和死亡的预期总是渗透进人们的潜意识中。对他来说个人是神的杰作,福斯特并不相信轻视他的任何观点。福斯特崇尚人际关系,但是他却对人际关系持悲观的态度。福斯特认为在人际交往中,把人际关系单独择出来,而非作为一种社会附属物考察,总觉得是挺恐怖的,人们总是无法相互理解,至多不过似是而非或是一厢情愿;人们总无法充分展示自己,哪怕我们心甘情愿;人们所谓的亲密无间无非只是将就凑合;完全的了解只不过是幻梦一场,福斯特认为解决这一困境只有一个办法,即通过爱与自由的联结。

福斯特是个人主义者,提出在国家、市场和价格等场合说爱是荒谬的,"爱是私人生活中的强大力量"①。《最漫长的旅程》中福斯特倡导雪莱的"我们别仅仅爱一个人",他认为在生命的河流边,爱是唯一的花朵,渴望用真诚来呼唤人们内心的爱;《印度之行》是因为其倡导的道德观让我们感动,而非完美娴熟的文学创作技巧。福斯特相信自由,并认为自由是获得爱的必然途径。"让我们为民主两呼万岁:一是因为它允许多样性,二是因为它容忍批评"②,民主是获得自由和信仰的关键。福斯特在《自由的威胁》中强调:"人生是由三种要素的互动关系构成的:一是自由的愿望,二是爱的愿望,三是某种内心的恐惧。"③作为一个忠于英国宪法的资产阶级,时代和教育塑造了福斯特"十分关心过去"④的性格,他认为"自由是尽享人生的关键,而被观念、人或物所束缚则是对人生的摧残"⑤。福斯特对于理想与自由的追求是其反宗教虚伪标准的基础,在这一时期,宗教已经成为束缚人的力量,福斯特则认为对"爱"的追求要比天堂的个人幸福要高尚得多。福斯特认为人类除了自由的愿望还有爱的愿望,而只有自由的愿望和爱的愿望

---

① E. M. Forster: *Two Cheers for Democracy*, *A Harvest Book Harcourt*, Brace & World, Inc., 1951, p. 51.

② 福斯特:《现代的挑战》,李向东译,花城出版社 1991 年版,第 5 页。

③ E. M. Forster: *Two Cheers for Democracy*, Edward Arnold, 1951, p. 9.

④ E. M. Forster: *Abinger Harvest*, HBJ Book Harcourt Brace, 1964, p. 91.

⑤ Ralph A. Ranald: *Henry James's Washington Square*, Monarch Press, 1966, p. 27.

结合在一起才会升华出某种新的东西，福斯特特别强调用爱来规范自由。在宗教信仰占主流的社会，福斯特鲜明地质疑宗教信仰，提出了爱和自由的难能可贵。

二、崇尚人类之爱

福斯特在《最漫长的旅程》中写道："他（斯蒂芬）拿起书来，找到文章念道：'让我们彼此相爱吧。让我们的孩子从肉体到精神彼此相爱吧。我们所能做的只有这点。也许，大地会忽略我们的爱。也许，大地会肯定我们的爱，为让新的一代又一代人爱护下去，忍受山峰、尖塔和土岗的一时之苦。'"①福斯特推崇宗教精神中的人类之爱，其中最具有代表性的是《印度之行》中的穆尔夫人，穆尔夫人是"带有神秘主义色彩的基督教人道主义者"，是福斯特美好精神之旅的象征。

穆尔夫人来印度的目的是为了验证基督教人道主义观念而不仅是为了观光，"因为印度也是这个世界的一部分。上帝让我们降生在这个世界上，为的是让我们都和睦相处、生活愉快。上帝……就是……仁爱"②。初到印度，她感到能同宇宙融为一体，多么幸福啊！这样庄严，这样单纯。朗尼认为："印度人喜欢各种各样的神。"③穆尔夫人说："所以英国人就喜欢装扮成各种各样的神。"④穆尔夫人认为，只有友好相处的愿望才会让上帝满意，诚心会得到上帝的祝福，只有友好、友好、更友好才可以解决问题。穆尔夫人认为，使人类友好相待的美好的愿望会让上帝很满意，真诚就会深得上帝的欢心。上帝让我们降生就是让我们去爱这个世界上的人，把这爱变成实际的行动。上帝无处不在，会注视着人们如何把爱付诸行动，因为"上帝……就是……仁爱"⑤。在印度的生活经历却使穆尔夫人改变了看法，认为在印

① E. M. 福斯特：《最漫长的旅程》，苏福忠译，人民文学出版社 2009 年版，第 339 页。
② E. M. 福斯特：《印度之行》，杨自俭、邵翠英译，译林出版社 2013 年版，第 46 页。
③ E. M. 福斯特：《印度之行》，杨自俭、邵翠英译，译林出版社 2013 年版，第 44 页。
④ E. M. 福斯特：《印度之行》，杨自俭、邵翠英译，译林出版社 2013 年版，第 45 页。
⑤ E. M. 福斯特：《印度之行》，杨自俭、邵翠英译，译林出版社 2013 年版，第 46 页。

度谈论上帝是一个错误。本来随着年龄的增长她感觉越发难以离开上帝，但到了印度之后，上帝却很少能让她满意，满眼充斥着殖民活动，她把上帝看作最伟大的神明，她要不断地呼唤上帝，但是却“发现这圣名并不灵验”①。

穆尔夫人认为，“上帝让我们降生在这个世界上，就是让我们去爱这个世界上的人”②，所以当她来到作为殖民地的印度能够尊重印度人的文化和信仰。穆尔夫人和阿齐兹的相遇是在伊斯兰教的清真寺中，她出于对印度文化和宗教信仰的尊重，脱鞋进入寺中，有人看见与没人看见一样——因为“上帝在此”③。阿齐兹从穆尔夫人的行为当中看到了她对印度文化和宗教信仰的尊重，同时在清真寺中的会面意味着两种宗教的结合，这座清真寺的外观就像拆除了一面墙壁的英国人教区教堂的内部一样。阿齐兹认为穆尔夫人能够理解和懂得别人的感情，阿齐兹由衷地希望其他殖民者都能像穆尔夫人一样。因为穆尔夫人只是出于本心，对人只有喜欢、不喜欢的区别，是寻求“心灵的默契与理解”，第一次会面的清真寺也暗示了穆斯林与基督教徒的融合。当穆尔夫人邀请阿齐兹到俱乐部会面时，阿齐兹回答道，印度人即使是作为客人也不被允许进入昌德拉普尔俱乐部。穆尔夫人能够克服英国殖民的傲慢与偏见，并宽容地对待印度的文化和习俗，能平等地和当地人交往。阿齐兹虽然只见过她三次，但“认为她是个东方人”④。小说最后，庭审风波的解决也很大程度上取决于阿齐兹对穆尔夫人的友好印象，“她的主意能解决一切问题，我绝对相信她。如果她劝我原谅这个姑娘，那我一定原谅。她一定会像你那样劝我，绝对不要做有损我真实名誉的事情”⑤。是穆尔夫人精神的力量促成了阿德拉、菲尔丁和阿齐兹的和解。

福斯特尤为提倡宗教精神中的人类之爱。“当人类产生了爱时，他们会

---

① E. M. 福斯特：《印度之行》，杨自俭、邵翠英译，译林出版社 2013 年版，第 47 页。
② E. M. 福斯特：《印度之行》，杨自俭、邵翠英译，译林出版社 2013 年版，第 46 页。
③ E. M. 福斯特：《印度之行》，杨自俭、邵翠英译，译林出版社 2013 年版，第 16 页。
④ E. M. 福斯特：《印度之行》，杨自俭、邵翠英译，译林出版社 2013 年版，第 250 页。
⑤ E. M. 福斯特：《印度之行》，杨自俭、邵翠英译，译林出版社 2013 年版，第 249 页。

努力想获取点什么,同时他们也会努力想给予点什么,这种双重目的使爱比吃饭睡眠更加复杂了。它同时既是自私的又是利他的,两方面并行不悖。"[①]"首先,当小说家不再是设计而是开始创造他的人物时,不论从哪方面说,'爱'在他心目中就重要了起来,不用他存心设计,他笔下的人物自然就对爱过分敏感了起来——我说'过分',是因为日常生活中他们可不会这么费心劳力。"[②]其次在于,"爱跟死一样这么受小说家青睐是因为它同样能很方便地终结一本书。他可以把它写成永恒的爱,因为有关爱的幻觉之一就是它能恒久不变。事实上从来就没有这样的事——将来也不会有。所有的历史,我们所有的经验都教育我们,没有一种人际关系是恒久不变的,它就跟构成它的人本身一样善变,要想使其稳定下来,人须得像玩杂耍的那样保持平衡才行;而一旦它稳定了下来,它也就不再是一种人际关系,而成为一种社会习惯了,其中的重点已经从爱转化成了婚姻。"[③]对待殖民行为,穆尔夫人说:"我要争辩,真的我要说,英国人来此当然应该态度友好,使人愉快……上帝让我们降生在这个世界上,为的是让我们都和睦相处、生活愉快。上帝……就是……仁爱。"[④]

综上所述,福斯特具有终极关怀意识,这种意识让人不甘于在日常生活中沉沦,其他任何功利也无法满足终极关怀作为人内心最深处的渴望。福斯特试图通过不断地积累知识来创造和欣赏美,并追寻心中神圣的爱,生活的最终目标就在于追寻人类之爱。同时再次明确了:只有在相互平等的条件下,才能实现真正的跨民族、文化和宗教的交流与融合。福斯特质疑宗教的伦理道德及其局限性,反对宗教对人性的束缚,但同时也赞同宗教精神中的宽恕、仁慈与博爱的人类之爱。

① E. M. 福斯特:《福斯特读本》,冯涛等译,人民文学出版社 2010 年版,第 334 页。
② E. M. 福斯特:《福斯特读本》,冯涛等译,人民文学出版社 2010 年版,第 337 页。
③ E. M. 福斯特:《福斯特读本》,冯涛等译,人民文学出版社 2010 年版,第 337 页。
④ E. M. 福斯特:《印度之行》,杨自俭、邵翠英译,译林出版社 2013 年版,第 46 页。

第三节　福斯特教育观的边缘性

一、英国公学精神和教育的利与弊

英国公学和德国的文科中学、法国的国立中学、美国的中学并称为享有世界声誉的中等教育学校，英国公学被称为“英国中等学校的楷模”、“精英的摇篮”和“教育的活化石”，几百年来一直沿袭英国主流的教育模式。英国是君主立宪制国家，但英国的公学却具有很强的自治精神。英国公学是为上层阶级服务的寄宿学校，是富家子弟垄断的教育园地。公学有严格的组织体系和纪律，统一着装，有着服务的传统和保守的课程。历经600余年，英国公学已形成其独具特色的办学模式，经历了早期培养神职人员，近代培养基督教绅士，现代培养学者型绅士的发展过程，已经成为英国乃至世界中等教育的基石和典范。福斯特认为，正如中产阶级是英国的核心，公学制度是中产阶级的核心。公学制度深深影响着英国乃至欧洲的社会生活和文化。

洛克在《教育漫话》中指出了英国公学的教育原则：“我这篇文字的主要目的是在讨论青年绅士从小至大的养育方法。”[①]他强调英国公学致力于培养绅士应具备的德行、智慧、礼仪和学问这四个方面品质，致力于培养能文能武、积极向上、富有开拓精神和优雅举止的英国绅士，指出这四个方面分别继承了基督教、人文主义、礼貌风度和理性主义的传统。英国公学实行精英教育，其培养对象具有一系列明显的特征，即拥有各种权利，具有集体意识和凝聚力，职位高且比例较小，并有很强的社会责任感。

英国公学强调英勇尚武，培养学生“健康之精神寓于健康之身体”[②]，拿破仑也把滑铁卢大胜归因于伊顿公学的野外运动场对体能的训练。公学把

① 约翰·洛克：《教育漫话》，傅任敢译，教育科学出版社1999年版，第3页。

② 约翰·洛克：《教育漫话》，傅任敢译，教育科学出版社1999年版，第1页。

自己的教学目标设定为培养绅士,“英国人最自负的是这些公学使他们获得了这样一些品质:管理别人和控制自己的能力;把自由和秩序结合起来的才能;热心公益的精神;充满活力和男子气概的性格;坚定而不盲从舆论的精神;爱好健康的娱乐和身体锻炼的精神”[①]。在公学教育理念的影响下,英国社会的青年渴望进入上层社会,并成为得到社会尊重和认可的精英人才。

但是随着时代的发展,主流的英国公学也逐渐显示出了弊端,学者们普遍认为1750年到1840年的英国公学比阿尔弗列英王(849年—901年)之后的任何时期都糟糕。英国的社会、政治和工业的改革是革命性的,但是学校教育却跟不上社会的发展。英国公学教育起源于宗教,实质上是宗教教育,宗教教育支配着公学的传统活动和课程,主修拉丁语、希腊语等古典学科,英国公学的学生通过学校教育培养对上帝和耶稣的崇拜,具备优秀的礼仪和基督教奉献精神,把公学办成了符合基督教精神的场所。学校坚持在古典课程和宗教中进行道德教育,认为在这个过程之中可以反省历史与人生[②],这就造成了学习的单一性,数学、政治学以及其他在生活中需要应用的学科在公学中却没有体现,学生往往对其他知识一无所知。

公学提出“贵族要通过非贵族的途径培养”的口号,公学由豪门贵族和资本家等精英阶层来管理,有严格的纪律与生活规范,最终变成了服务于上层社会的专属精英教育机构,具有极强的封闭和保守性。正如米歇尔·福柯在《权力与知识》中强调的:“与此相反,你拥有花费极少的监视系统。不需要武器、身体暴力或物质约束。仅仅是注视,一种监督的注视;在这种注视的压力下,每个个体将其内化,他成了自己的监视者。因此,每个个体都对自己进行持续的监视。”[③]寄宿制的管理模式是支撑公学的基石,严格的书本教育和寄宿制是公学的两大特色,管理者投入了大量的经费以维持寄

① 易红郡:《从冲突到融合:20世纪英国中等教育政策研究》,湖南教育出版社2005年版,第104页。

② 吴明海:《试释英国公学的课程设置》,载《高等师范教育研究》1999年第4期。

③ 陶家俊:《文化身份的嬗变——E. M. 福斯特小说和思想研究》,中国社会科学出版社2003年版,第110页。

宿制。“在寄宿制管理下,学生是寄宿在学校中,而非生活在家中。”①宿舍成为英国公学的一个锻炼场地、一个团体形成的基础,甚至演变为公学的一种意识。英国公学的弊端还体现在体罚学生上,认为一定的惩罚可以纠正学生的缺点,是很必要的,惩罚引起的痛苦和不适可以起到惩戒作用。学习较差的学生需要在导师面前完成晚上的作业。低年级的学生和仆人差不多,需要为导师和高年级的学生准备早餐、烤面包、煮咖啡、擦洗鞋子、洗衣服,时刻准备完成各种杂事,这些“苦工”经常被呼来唤去。伊顿公学的学生无奈地说:“我们唯一的自由就是可以解开校服西装背心最下面的那粒纽扣,显一显我们的得意。”②主流的英国公学教育已经显示出了其弊端。

二、福斯特对英国公学精神和教育的批判

福斯特对主流的英国公学持批判态度。福斯特早年曾就读于汤桥公学,这一段经历使他对公学的弊端认识得尤为深刻。福斯特认为公学充满了势力与偏见,并经常体罚学生,致力于“出产平均标准的英国人”③,即身体和智力比较发达,心灵却完全不发达的人,公学中始终弥漫着一种令人窒息的气氛,是适应不了英国社会的发展的。

福斯特对英国公学十分反感,认为“正像英格兰的心脏是中产阶级,中产阶级的心脏便是公学制度”④。福斯特在《关于英国人性格的说明》中强调:“公学的寄宿住宅,它的必修游戏,它的级长制和差使新生,它对完善级别和爱校心的坚持……塑造出一种典型……发达而健壮的躯体,良好训练的思维和未能发育的心灵。正是这一未能发育的心灵,造成了奔波国外的英国人的困难。”⑤在英国公学那种令人窒息的气氛下,个体与环境格格不入,人们很难与其他人建立真正的联结,心灵完全不发达。英国的公学教育

---

① James George Cotton Minchin: *Our Public Schools*, Swan Sonnenschein, 1901, p. 431.
② 奥尔德里奇:《简明英国教育史》,诸惠芳等译,人民教育出版社 1987 年版,第 15 页。
③ 爱·摩·福斯特:《最漫长的旅程》,苏福忠译,人民文学出版社 2009 年版,第 52 页。
④ E. M. 福斯特:《福斯特散文选》,李辉译,百花文艺出版社 1994 年版,第 4 页。
⑤ E. M. 福斯特:《福斯特散文选》,李辉译,百花文艺出版社 1994 年版,第 4 ~ 5 页。

的弊端也逐渐显示出来，公学使英国失去了工商业发展的人才教育的基石，限制了专门人才的培育，精英教育使得只能从少部分人中来选择领导人物，而无法使有才能的人服务社会，“这个民族正在走向失败”①。

福斯特认为，英国的公学制度是导致爱德华时期人们“发育不良的心”的主要原因，“英国中产阶级坚实、谨慎、能干，想象力贫乏，行动虚伪”，后两种品质阻碍个人性格的全面发展，危害社会交往的真诚和谐，并且在国际交往中既使英国人歧视其他民族，也让其他民族误解英国人，《最漫长的旅程》中的索斯顿公学便是以汤桥公学为雏形的，正是这最后两种品质成了福斯特作品的主要讽刺对象。

福斯特在作品中对英国公学精神和教育、公学型的中产阶级男性给予了尖锐的批判，认为以“教育就是将人培养成为特定文明、实现特定使命”为原则并盛行于19世纪英国公学的实用主义教育观是有弊端的。福斯特在作品中塑造了一系列受过公立学校教育的典型，例如《看得见风景的房间》中的塞西尔、《最漫长的旅程》中的彭布罗克先生、《霍华德庄园》中的威尔科克斯、《印度之行》中的罗尼和《莫瑞斯》中的德拉姆等，反映了福斯待对公学精神和教育的关注和批判。

《看得见风景的房间》中的塞西尔是公学学生的典型代表。塞西尔来自于富裕的英国中产阶级家庭，人品好、聪明，有很多重要的社会关系，是公认的理想丈夫的人选。但塞西尔以自我为中心，他喜欢让别人顺着他说话，“无法想象塞西尔戴别人的帽子”②。塞西尔是男权社会的代表，将露西视为一件艺术品和被保护人，支配并占有露西。他把自己想象成中世纪的骑士，把露西想象成等待骑士保护的贵妇人，把露西同某种风景联结起来，但乔治指出他却没给风景赖以存在的距离和空气。塞西尔所能理解的唯一人际关系就是封建的保护人和被保护人的关系，始终站在男权社会的立场上，

---

① W. F. 康纳尔：《二十世纪世界教育史》，孟湘砥、胡若愚译，湖南教育出版社1991年版，第383页。

② E. M. 福斯特：《看得见风景的房间》，巫漪云译，上海译文出版社2014年版，第97页。

认为爱情是男人对女人的恩赐，完全不让露西有独立的思想和自由。乔治看清了塞西尔想控制露西的本质和欲望，认为他喜欢开玩笑戏弄人，他生命中最重要的事就是塑造人——塑造那些妩媚、讨人喜欢的大家闺秀，而忽视了最为关键的内心。露西也感受不到塞西尔的爱情，只觉得处在一个没有欢乐和爱的世界，是一个充满了戒备、障碍和坎坷的羞怯的世界，塞西尔完全忽视了露西内心对爱情的追求。就连情人间正常的亲吻，塞西尔也要郑重地得到露西的许可，但当他与露西亲吻时生怕有人看到他们，以致勇气也消失了。塞西尔始终认为他对露西的爱是一种恩赐，是高高在上的。露西感受到了难以名状的委屈，真挚的对爱的渴望被塞西尔圆滑的手段利用了。虽然塞西尔富有教养，可他不懂得爱情的真正含义，也并不真正爱露西，最终露西毅然选择了来自意大利、能走进她内心的乔治而解除了与塞西尔的婚约。

《最漫长的旅程》中对索斯顿公学和彭布罗克先生的描写体现了福斯特对公学直接而尖锐的讽刺。福斯特宣称《最漫长的旅程》是他最喜欢的一部作品，因为里基就是他的自画像。里基先后在剑桥大学、索斯顿公学和威尔特郡生活，其中索斯顿公学对他的影响最大。索斯顿公学没有伊顿或温彻斯特古老的办学历史，也没有兰星、惠灵顿和其他纯粹的现代教育机构明确的政策，但是却制定了一系列限制学生心灵完善的政策，而且经常体罚学生，这给里基留下了难以磨灭的伤害。彭布罗克先生在索斯顿公学任教，是公学的典型代表，他“不是一般意义上的愚蠢……而是重要意义上的愚蠢：他整个一生都以蔑视才智为能事”①。里基最后选择逃离了黑暗的索斯顿公学和彭布罗克先生，回归到光明的威尔特郡生活，继续着这漫长的旅程。

《霍华德庄园》中的威尔科克斯是机械化、符号化的象征，对下层人、女性和自然持蔑视的态度，是工业化社会的产物。威尔科克斯的外在是令人信任的、勇敢有为的，但他内在的灵魂是孤寂的，他从童年时期起就忽略内心世界，是不会为内在的事物烦恼的。霍华德庄园是威尔科克斯太太的嫁

① E. M. 福斯特：《最漫长的旅程》，苏福忠译，人民文学出版社 2009 年版，第 206 页。

妆,是一个世外桃源,代表着人与自然的和谐联结。但威尔科克斯为了生活的方便,把马棚改造为车库,并拆除了威尔科克斯太太心爱的篱笆,甚至要对霍华德庄园进行整体改造,后来在威尔科克斯太太的强烈反对下才没有如愿。威尔科克斯太太去世后,霍华德庄园被置之不理,成为乡间储藏室,直到得知威尔科克斯太太将霍华德庄园赠送给玛格丽特时,威尔科克斯先生认为这是侵犯了他的利益,才出面反对。玛格丽特的妹妹海伦看到了威尔科克斯先生的本质,认为威尔科克斯一家是充斥着报纸、汽车和高尔夫俱乐部的惊恐和空虚的世界。威尔科克斯先生和玛格丽特结婚时,他处理和玛格丽特婚礼的方式和处理威尔科克斯太太葬礼的方式如出一辙,由此可以看出,威尔科克斯先生和他的妻子两人都没有实现真正情感上的联结。威尔科克斯的冷漠更鲜明的表现是当他与杰姬的私通关系暴露时,毫无悔恨之心,只是一再强调远离了英格兰,远离了女人,这一段关系只不过是孤独的产物,丝毫不顾他这样的行为毁了杰姬的一生。威尔科克斯是英国公学教育下自私、冷漠的典型代表。

《印度之行》中的朗尼是英国公学培养的冷漠殖民者的典型。朗尼先后上过公立学校、伦敦大学,并曾在一所专门学校学习,在省里做过官方事务。朗尼现在在英国的殖民地印度工作,在法庭上努力工作,是负责司法事务的法官,每天被谎言和阿谀之词包围,从中努力判断出真实的情况并伸张正义、扶弱锄强,殖民官特尔顿先生认为他是他们中的一员,是大英帝国需要的那种人,是公学精英教育的产物。对于母亲提出的殖民不公问题,朗尼认为印度只能接受他们的裁决,反映了他的殖民意识。在婚姻和爱情方面他完全是和穆尔夫人背道而驰的,穆尔夫人提出,“当教育得到发展,理想变得更加崇高,人的品性更加完美的时候,美满幸福的婚姻必定会大大增多”①。穆尔夫人希望他得到幸福的家庭,但公学造成朗尼品行的冷漠,也直接造成了朗尼爱情的不圆满,并最终导致穆尔夫人的死亡。

因为经历了世界大战和工业社会改革,英国社会在思想信仰和价值观

---

① E. M. 福斯特:《印度之行》,杨自俭、邵翠英译,译林出版社 2013 年版,第 88 页。

等很多方面都和以往的世界不同,英国公学倡导的中产阶级工业社会的价值观和标准已经不符合社会发展的需求。福斯特批判英国公学并致力于寻求学术改革,倡导新型的贵族主义。福斯特倡导的新型的贵族主义并不是具有阶级地位或是势力的权势贵族,而是具有生来敏感的、体贴他人的、有勇气特征的精神贵族。精神贵族成员遍布各民族、各阶级和各时代,他们代表着人类传统,代表永久性的胜利。福斯特认为新型的贵族主义是人类社会的理想和追求,是解决英国社会公学教育弊端的有效措施。

第四节　福斯特社会观的边缘性

一、反对英国在印度的殖民统治

福斯特从20世纪初开始关注印度,反对英国在印度的殖民统治。福斯特于1906年结识了印度穆斯林青年沙义德·罗斯·马苏德,后者到剑桥大学求学,师从福斯特,使印度成为福斯特想象力围绕的中心,于是福斯特开始关注英国在印度的殖民统治。1912年福斯特与剑桥的好友R. C. 特莱夫利安、G. L. 迪金森和G. H. 卢斯去印度拜访了马苏德,福斯特的目的不是一般地去看印度,而是去了解印度人。首次印度之行给福斯特留下了深刻的印象,激发了他的创作热情,他开始构思《印度之行》。1921年福斯特重访了印度,并担任印度中部城市海得拉巴当地土邦主德沃斯的秘书兼侍从,这使他能够近距离地接触和深入印度社会。作为一名英国人,福斯特为了在印度王公手下工作,他做了一个反殖民主义和反种族主义的声明,这也从一个侧面表明了他的反殖民主义立场。在印度生活使他能够更近距离地去看印度,同时也为他的文学创作积累了丰富的素材,并有了很充裕的时间能从事文学创作。在近距离的接触和考察英国人在印度的行为后,他对英国的殖民主义产生了强烈的厌恶,并把这种厌恶情绪写进了他的《印度之行》中。

《印度之行》通过民族、阶级、种族、性别、宗教、文化等象征手法把这一系列问题交织在一起，是福斯特作品中最具有现实主义意义的一部，这部作品不仅是20世纪的重要文献，同时也是一部伟大的作品。萨义德曾经强调在解读文学经典作品时，要将具体的文本同作品创作的时代背景结合起来，透过文本看到作品中的权力因素，解构文化文本与殖民文学隐藏的深层的政治霸权。英国的海外殖民者主要是英国公学培养的所谓"绅士"，绅士风度在某种程度上体现了英国民族心理的价值取向，处处向上流社会看齐，追求高雅的生活境界，同时对传统和习惯日益眷恋而丧失奋发竞争精神，绅士在公开场合为避免因与地位较低的人交谈而失去身份，故而很少与旁人交谈，绅士的价值标准和行为标准的矛盾显露了出来，造成了一种两难的窘境。对此，福斯特哀叹道："只要有真正的悔恨之情……大英帝国也会变成一个不同的国家。"①吉卜林指出，"他们是被派出去的公立学校学童，脑袋里塞满了帝国主义宣传和阶级自豪感，他们昏头昏脑地干着资产阶级的肮脏勾当"，他们"把自己看作是履行文明使命的统治阶级成员"。② 吉卜林也反对英国对印度的殖民统治，一年又一年，一批批受过英国公学教育的精英知识分子被送往印度管理事务，怀揣着把死亡、疾病、饥荒和战争从印度赶走的理想，而以失败告终，终老异国他乡，结局很悲惨。

《印度之行》抨击了殖民者"白人至上"的种族主义。《印度之行》中英国殖民者在印度是高高在上的：殖民官朗尼认为"他和印度人唯一的联系就是官方事务的往来"③，并且傲慢地认为自己是为了用强权控制这个国家才到这儿来的。面对阿德拉的质问，朗尼强硬地回答："我们现在就说到这儿，不要再说了。不管我们是神不是神，这个国家只能接受我们的裁决。"④朗尼不认为英式教育下的印度人能够帮助他们，印度人都是不可靠的："假如有什么骚动，那些有文化的印度人绝不会帮助我们，安抚他们也毫无用处，所以他们无关紧要。你看到的他们大部分人心里想叛乱，一旦叛乱，其余的

① E. M. 福斯特：《印度之行》，杨自俭、邵翠英译，译林出版社2013年版，第46页。
② 克里斯托弗·考德威尔：《浪漫主义与现实主义》，薛鸿时译，三联书店1988年版，第75页。
③ E. M. 福斯特：《印度之行》，杨自俭、邵翠英译，译林出版社2013年版，第71页。
④ E. M. 福斯特：《印度之行》，杨自俭、邵翠英译，译林出版社2013年版，第45页。

人就会跟着摇旗呐喊。而种田人——他们和读书人不同。帕坦人，如果你要他们当兵，他们就是好样的，但是不能认为他们就代表了印度。"[1]朗尼始终坚信英国人到印度来的目的是为这个不幸的城市主持正义、维护和平，是来管理这个国家的，不是来讲客气的，不需要对印度人友好，有更重要的事情要做。警察局长麦克布赖德先生声称所有印度人骨子里都是罪犯。玛布莱德夫人也赞同这一观点，认为对待印度人唯一的方法就是冷淡，不要客气。外科医生凯林德的太太更为极端地宣扬，对待一个印度人所能做的最好的事就是让他去死。《印度之行》中的欧洲中心主义思想在每一个英国人心里都根深蒂固，大多数英国殖民者都认为印度土著只是英国的臣民，他们的一切都取决于英国人的好恶，几乎所有英国殖民者对待印度人都采取高傲冷漠的态度。他们以救世主的身份来到印度，为了"将来有那么一天高级官员的到访而检验一下她的社交能力"[2]，然而他们却使印度充满了残酷的压迫和无情的掠夺。

英国殖民官的寓所也象征着英国的殖民身份。寓所建在一块高地上，俯瞰着印度的街道、庙宇、集市和印度人居住的房屋，标志物火车站建在另外一块高地上，除了天空，不与印度分享任何东西。而每次阿齐兹进入英国人的寓所时，都有一种浓烈的沮丧的情绪笼罩着他，英国人建的每一条街道都以战胜印度的殖民者的名字命名，就像英国用一张大网把印度笼罩起来，阿齐兹总会有落入大网中的感觉。而当穆尔夫人出于友好邀请阿齐兹去俱乐部时，阿齐兹沮丧地强调，印度人即使作为客人也是不被允许进入昌德拉普尔俱乐部的。为了弥合英印交流的鸿沟，殖民官举办了"联谊会"，但结果却是以失败告终。英国人在联谊会上表现得很虚伪和不真诚，他们在联谊会开始时就退到草坪的另一边，而当联谊会的高潮——网球赛开始时，本来事先安排的英印混合双打被忘记得一干二净，整个网球场地被英国人垄断了，联谊会彻底以失败告终，这样的结局印证了殖民官特顿先生的预言，即

① E. M. 福斯特：《印度之行》，杨自俭、邵翠英译，译林出版社 2013 年版，第 35 页。
② E. M. 福斯特：《印度之行》，杨自俭、邵翠英译，译林出版社 2013 年版，第 59 页。

无谓的努力只会拉大人们之间的距离，所有的要求都应该来自于上帝，人们主动做的一切都是徒劳无功的。

英印之间的奖惩也有着双重标准。穆罕默德·阿里认为印度当地人受贿时，会按照人家的要求来做，但是也难以避免法律的惩罚，但是英国人却只拿不做。特顿太太就曾受贿，但却若无其事，不为人家做任何事情，这些促使阿里认为："所有的英国女人都傲慢无礼，都可以用金钱收买。"①

阿齐兹敢于打破英印之间的界限，所以面临了重重考验。菲尔丁是福斯特塑造的联结英印的理想代言人，能够平等地对待印度人。阿齐兹认为菲尔丁是他最好的朋友，是个很有教养的人，阿齐兹感受到了菲尔丁的友谊，并打破深闺制，把亡妻的照片拿给他看。在小说的结局阿齐兹痛苦地喊道：无论如何都要打败英国佬，只有英国殖民者滚出印度，英印人之间才可能有真正的友谊。而现在他们不能成为朋友，大地、寺庙、大湖、飞鸟、宾馆等等所有的这一切都预示着他们不能成为朋友。"我们将把每一个该死的英国人都统统赶到大海里去，到那时候……我和你一定会成为朋友。"②最后阿齐兹表达了他的思想：印度教、伊斯兰教、锡克教以及所有的宗教应该结合在一起，把所有的外国人都赶出去，"印度应该成为一个独立的国家！"③

文化身份较"民族文化身份"更为宽泛，是某种特定的文化所特有的，同时也是某一民族与生俱来的一系列特征。《印度之行》中把文化身份理解为社会身份系统中区别于政治、经济定位，背后隐含着政治、经济关系的文化意识形态定位，这种民族特性在印度找到了适宜生长的土地。殖民文学是欧洲殖民者为自己所写的，反映了他们殖民统治的事情，带有天然的欧洲文化、理性至上和帝国有理的观念。在欧洲的东方书写中，东方人被描绘成堕落的形象，等待着西方殖民者去拯救。西方殖民者认为，白人是优等人种，

① E. M. 福斯特：《印度之行》，杨自俭、邵翠英译，译林出版社 2013 年版，第 9 页。
② E. M. 福斯特：《印度之行》，杨自俭、邵翠英译，译林出版社 2013 年版，第 323 页。
③ E. M. 福斯特：《印度之行》，杨自俭、邵翠英译，译林出版社 2013 年版，第 323 页。

只有白人才适合支配和管理世界。福斯特也借《印度之行》中阿德拉之口说道,按照自然规律,肤色较黑的人种总是迷恋肤色较白的人种。西方人想摆脱欧洲中心主义和西方文化优越论的意识是很困难的。《印度之行》中的印度始终在西方的视野中,只有从英国人居高临下的建筑望去,昌德拉普尔才会被认为是美丽的有热带风情之地,显示了英国人居高临下的优越性。被殖民的东方一旦被西方人写进游记、小说、报道、实地观察中就开始受到监视和控制,因为西方人认为东方人没有力量、自我意识、思考和统治的能力。小说中福斯特通过穆尔夫人道出了内心深处的真实想法,大英帝国的殖民者只要有真正的发自内心的悔恨而不是虚情假意,哪怕有一点真诚的悔恨之情,殖民者就会成为不同的人,大英帝国也会成为一个全新的不同的国家了。

西方文化霸权的逻辑是借助殖民扩张取得经济、政治上的统治地位,缔造白人种族优越的神话,由区域扩张转向取得全球霸权。而以福斯特为代表的维多利亚时期的作家在国内问题上是与英国站在一起的,表明自己与这种力量是共进退的。D. H. 劳伦斯曾评价福斯特:“在我心中,您是最后一位英国人了。”①出于自身的局限性,福斯特无法从源头上看清英国殖民统治的本质,他的创作总是不自觉地暗合统治者的观点,片面地把殖民统治的弊端归于英国公学教育和殖民者的那颗发育不良的心。福斯特反对英国对印度的殖民统治并不是为了促进印度的独立,而是寻找帝国统治的良方,带有强烈的欧洲中心主义思想。

二、反对英国的城市化

20 世纪初,英国社会发生了剧变。在维多利亚时期,工业制造和交通运输业发展很快,到了 19 世纪 30、40 年代,铁路大规模普及,仅仅过了 20 年的时间,英国已经基本完成了全国铁路的建设,随之促进了英国经济的发展。到了 19 世纪 40 年代,英国的铁路器械成为机械出口的翘楚。1909 年

① 哈里·莫尔:《劳伦斯书信选》,刘宪之、乔长森译,北方文艺出版社 1994 年版,第 233 页。

爱德华时代的批评家C. F. G. 马斯特曼指出，英国在不知不觉中已经完成了从乡村到城市的转变，三代人经过了背井离乡地从乡村到城市的迁移。“回首当年，那时即使有所谓时代的挑战也是调子温和的，地平线上悬浮着的黑云只有巴掌那么点儿大，可说是快乐时光。那时代讲究博爱行善；洋溢着人文主义精神和知性的好奇心，崇尚言论自由；没什么种族歧视；它承认人人各不相同而且理应各不相同，对社会的日渐进化深信不疑，相信全靠了推广议会制度，世界正变得越来越好。”①“在人际关系方面，他们探索了更多的社会领域，比以前熟悉更复杂多样的接触和经验：他们有更多塑造‘身份’、塑造独立自我的机会。但身份越来越变成自我界定的产物，却很少从社会之网中产生。因此他们更容易形成心理混乱和精神焦虑……在一个城市化的流动社会里，绝大部分人彼此之间形成陌路。问题变得更棘手，世界变得更陌生，个体意识似乎笼罩在孤独之中。许可和约束模式变得抽象——合法化，不掺杂个人感情，‘官僚体制化’。”②福斯特看到了，“时至今日，一切都大变特变了。利息缩减到普通的水准，有些甚至就收不到。贫民开始造反，落后民族那边也造反了——毫不含糊地施恩还报了。这意味着生活再也不可能像维多利亚自由放任时代那么舒适惬意；我们的世界观虽然本不是坏东西，由于它是建立在金镑的经济基础之上的，那基础一朝崩溃我们的世界观也随之危危欲坠于深渊悬崖的边缘”③，强调了开放的城市化的社会中与传统、熟悉的生活方式和乡村文化疏离后的心理感受，反映了心理学层面上个体的身份重铸和心理困惑。

福斯特的作品反映了英国中产阶级强势的现代文化与传统乡村英格兰反现代化文化之间的冲突和矛盾，以阶级为中心的文化身份认同逐渐淡化，取而代之的是关于性、民族和种族等的身份政治。尼科拉·博曼评价福斯特道：“乡村生活更‘真实’，更完整和谐，更使前后相继的不同代的人亲密

① 福斯特：《现代的挑战》，李向东译，花城出版社1991年版，第39页。

② Malcolm Bradbury: *The Social Context of Modern English Literature*, Basil Blackwell&Mott Ltd., 1971, p. 10.

③ 福斯特：《现代的挑战》，李向东译，花城出版社1991年版，第40页。

无间。”[1]著名翻译家谷启楠教授谈到福斯特的小说时评价道，福斯特创作中的主题常常是主人公逃离现实的世俗社会，冲出牢笼逃往一个理想之地，这个理想之地可能是森林、大海或是乡村、另一个国度，甚至天堂，结果是有人成功出逃而有人回归到世俗世界，一些作品中还反映了人际关系、人与自然的关系、人与机器的关系、不同种族之间的关系等等。福斯特对乡村生活给予了积极的肯定，反对英国的城市化。福斯特向往人的精神和肉体两个层面的有机协调，批判现代工业文明对人性的扭曲。

福斯特描写了一系列生活在城市边缘的主人公：《天使不敢涉足的地方》中菲利普·赫里顿一家生活在伦敦近郊的索思顿小镇，吉诺生活在意大利托斯卡纳城边的蒙特利阿诺小镇；《最漫长的旅程》中爱略特一家生活在伦敦附近的威尔特郡；《看得见风景的房间》中霍尼彻奇一家生活在“俯瞰苏克塞斯郡威尔德地区的山坡上”；《霍华德庄园》中威尔科克斯一家生活在伦敦近郊的霍华德庄园，玛格丽特一家生活在伦敦郊区的威克汉姆，巴斯特生活在伦敦郊区卡梅里亚路的潮湿半地下室中；《莫瑞斯》中莫瑞斯一家生活在伦敦郊区的别墅中，德拉姆·克莱夫住在离伦敦郊区较远的贵族庄园内。通过这些描写福斯特表达了他对乡村生活的热爱。

《霍华德庄园》中的巴斯特是英国自耕农，传统的城市边缘化典型形象，在现代资本主义民族-国家英国文化空间中被边缘化，寻求回归英国文化之根。巴斯特的命运是由20世纪初的社会大变革决定的：英国工业革命后，资本主义高度发展，导致手工业作坊和中小企业相继倒闭破产，富庶的城市吸引了大批挣扎在死亡线上的农民，巴斯特就是其中最具有代表性的一个。巴斯特是牧人或农人的孙子家族第三代的代表，从乡村来到了城市。区别于玛格丽特和海伦靠股息来保证物质生活、靠音乐和诗歌等艺术来丰富精神生活，以及威尔科克斯先生丰厚的物质生活，巴斯特是工薪阶层，在威尔科克斯开的波菲里恩火险保险公司上班。他每天的工作很简单，就是做计算和写信件，向新老顾客解释公司的章程和规定。玛格丽特和海伦是

---

① Nicola Beauman: *Morgan: a Biography of E. M. Forster*, Hodder&Stoughton, 1993, p.41.

代表文化主体的城市中产阶级象征，威尔科克斯是代表权威和财富的城市中产阶级象征，巴斯特是处于城市边缘的，只能维持其基本的生活需求。

巴斯特坚信“一个人通过读书提升自己，平步青云与世界同步！”巴斯特不甘平庸，试图与玛格丽特姐妹交往，跻身上流社会，与她们谈论音乐、诗歌和绘画，表现得像个绅士，结果却造成他的死亡。巴斯特无法超越威尔科克斯，他处于城市边缘阶层，但是也有着强烈的性欲望。巴斯特找了一个妓女杰姬做情人，杰姬显得与她的微笑并不协调，而是流露出焦虑、饥饿感，她曾经是威尔科克斯的情人，现在又做了巴斯特的情人。巴斯特不仅在金钱、社会地位上处于边缘，他与威尔科克斯的情人同居，使得其在性和身体的本能欲望上也是处于边缘。巴斯特虽然死亡，但他与海伦的遗腹子继承了象征英格兰乡村文明的霍华德庄园，这是作者福斯特的刻意塑造，在这场乡村文明向城市文明的变革中，《霍华德庄园》体现了福斯特种族延续的主题，即通过血液或精神使某些种族得以保存，留下了一个光明的结局。

《霍华德庄园》中的玛格丽特形象体现了福斯特对工业化和城市化的矛盾态度。玛格丽特深受父亲的影响，她父亲是个德国人，是个理想主义者。玛格丽特富有知识和同情心，感情丰富，威尔科克斯狭隘肤浅并且感情贫乏，他们的结合是经过福斯特深思熟虑的，是现代知识分子对工业文明的思考。福斯特对工业文明持矛盾的态度，写作《霍华德庄园》是对文化人“控制金钱的一种尝试”①。威尔科克斯和玛格丽特之间的鸿沟很明显，威尔科克斯先生始终坚持阶级的差距，认为世上只有穷人和富人，穷人就是穷人，富人就是富人，二者不可相提并论。阶级差距历来有之，过去是这样，今后更是这样，任何时候都没有人类真正的平等，巴斯特和他们根本就不是一类人。

玛格丽特告诫海伦不要憎恨威尔科克斯先生，因为她们的任务是取得和谐而不是制造对立。所以尽管玛格丽特与威尔科克斯的结合很勉强和不真实，一定程度上背叛了知识分子的内心，但福斯特展现了他的诚实和责任

① 郭英剑：《福斯特访谈录》，载《外国文学动态》1998 年第 4 期，第 42 页。

心。玛格丽特认为正是威尔科克斯这样的人创造了世界，创造了文明。玛格丽特代表了阿诺德文化能使社会和谐的观点，认为她的使命就是联结并且只有联结，联结就是她的全部使命。人类的爱要达到完美就必须把散文与激情联结起来，只有这样两者才能都得到提升。

《霍华德庄园》以象征的手法为我们描绘了艺术的、精神的、古典的、文明的、女性的霍华德庄园和世俗的、商业的、精明的、舒适的、现代的英国，玛格丽特试图以一己之力联结这两个世界，寻求乡村和城市文明的和谐，体现出了福斯特试图通过其自由－人文主义联结观来寻求和谐的思想。

福斯特批判了英国公学制度、主流异性恋对同性恋的压迫，揭露了宗教对人性的压抑，对英国陈腐的社会道德进行了讽刺，形成了独特的边缘写作风格。作为英国中产阶级精英，福斯特的边缘写作一方面质疑传统和定规，另一方面希冀吸收传统文化的精华，经由其自由－人文主义联结观来寻求和谐。

第三章　福斯特小说理论研究的边缘性

福斯特是英国文学从传统向现代过渡时期的代表人物，是传统现实主义文学的反叛者和现代主义文学的开拓者，福斯特在社会、哲学、艺术和宗教等各方面都有论述，被称为“英国最伟大的活着的小说家”“小说家中的小说家”。

此外，福斯特还是知名的小说理论批评家，第一次世界大战结束后不久，他的创作由小说转向了传记和小说理论研究，其小说理论研究呈现出了边缘性。福斯特的文学艺术观主要散见于如《阿宾哲收获集》、《对民主的两声欢呼》和《小说面面观》等杂文与随笔集中，其中《小说面面观》是他最具代表性的小说理论研究专著，曾经荣获英国最古老的文学奖詹姆斯·泰特·布莱克纪念奖，这本书总结了福斯特文学创作的方法，同时也是小说艺术的研究文集，是福斯特文学艺术观的归纳和总结。文学艺术观是批评家人生观和哲学观的重要组成部分，理解、分析福斯特的文学艺术观，有助于在宏观上把握其边缘写作。

第一节　福斯特对小说理论研究相关概念的界定

福斯特是知名小说家，伍尔夫曾把文学比作一位女士，而福斯特和这位女士就像老朋友一样能侃侃而谈，熟稔文学创作。福斯特从自身的文学创作实践出发，对小说理论研究提出了具体的要求，认为小说理论研究是真学者的事业，能指导创作，是阅读者的导游和知音，即从批评家、作家和读者三方面提出规范，其终极目的是挖掘人性，体现出了其边缘写作寻求和谐的自由－人文主义联结观。

一、对批评家的界定

福斯特认为在英国小说批评领域，批评家有很重要的作用。批评家在教会和国家位居显要，掌控着帝国的教育，队伍庞大且影响很大，社会以批评家的好恶为标杆，批评家到处都被尊为贵宾，具有很重要的地位和影响，而界定批评家的首要任务是区分“真学者”与“伪学者”。

福斯特讽刺在小说理论研究上投机取巧的批评家为“伪学者”。伪学者具有几个基本特征，其中最为重要的是“书还没读或还没读懂”就对文学妄加评论，伪学者若进行小说理论研究就成了害群之马，因为他要做的是真学者的事业，却没有真学者的本领。书还没读或还没读懂就忙着给它们分门别类了。伪学者不肯下读书这个苦功，伪学者说的一切或许都准确无误，可是全无用处，因为他是在绕着书本转，而没有参透这些书本，他要么就根本没读，要么就是在曲解。书是一定要读的；唯其如此，方能明白它们到底有些什么东西，读者必须塌下心来读书。因为不肯下苦功，伪学者只有标榜“文学是天才的创造。小说家都是天才”①的理论，因为标榜小说家是天才就可以不去深究其创作的深意。同时伪学者在考试方面往往表现突出，真学者在考场上却并不怎么擅长。伪学者擅长通过考试来求职，而这样会令教育土崩瓦解。福斯特将具有这些特质的批评家称为“伪学者”。

福斯特首次创造性地提出批评家应该是“真正的学者”，而他所从事的小说理论研究工作应该而且也必须是“真学者的事业”，而社会上大多都是伪学者。福斯特认为批评家应该承担他的职责，传承文学传统，始终坚持和审视文学，并能超越时空本身。真学者需要具备较强的思考能力和敏锐的美学感觉，只有这样才能成为合格的小说理论研究家。文学是有其自身发展规律的，它并不以个人意志为转移，所以批评家也应该与文学的分期和年

① E. M. 福斯特：《福斯特读本》，冯涛等译，人民文学出版社2010年版，第310页。

代划清界限。“历史不断发展,艺术则恒定不变”①,真学者不应该囿于条条框框,而要从具体的文学创作的实际出发来进行小说理论研究。

福斯特强调了小说理论研究对作家和批评家视野要求的不同。福斯特提出视野的狭隘已经成了许多文学家的通病,他曾在《阿宾格收获集》中尖锐地批评美国作家辛克莱·路易斯视野狭窄,作品中的主人公总是在同一个房子里或街道上,一旦丧失了他们的自发性,就什么都没有了。福斯特认为批评家要具备开阔的视野,崇尚真正的学识,认为人生最令人欢欣鼓舞的事莫过于选择、洞悉并精通有价值的学科及其周边学科的真相。福斯特认为为了能构成文学作品的现实完整性,一位真正伟大的艺术家应该具备广阔和综合的视野。福斯特认为作家视野开阔与乡土观念完全是两回事,作为一位作家,视野是否开阔在很大程度上决定着他的作品是否成功。福斯特在《小说面面观》中强调,乡土观念可以成为作家创作灵感的主要来源,例如笛福的伦敦腔或托马斯·哈代作品中的“乡土气”,但批评家应该视野开阔。福斯特对批评家提出了更高的要求:“批评家必须眼界开阔,否则会一事无成。”②福斯特认为批评家应该具有开阔的视野,并努力践行批评家的职责,只有这样,才能更加全面清楚地认清英国文学的真相。

一句话可以概括福斯特对批评家界定的真谛,即“真正的学识是不可言传的,真正的学者更是凤毛麟角”③,这和爱德华时期的主流的浮夸虚妄的社会价值观形成了鲜明的对比。

二、指导小说创作

《小说面面观》中的小说理论研究主要是针对长篇小说,福斯特对小说进行了理论阐释和意义挖掘,对文学创作提出了具体的要求。

福斯特首先明确小说最基本的层面就是讲故事,即小说的本体形态就

---

① E. M. 福斯特:《福斯特读本》,冯涛等译,人民文学出版社 2010 年版,第 316 页。
② E. M. 福斯特:《福斯特读本》,冯涛等译,人民文学出版社 2010 年版,第 306 页。
③ E. M. 福斯特:《福斯特读本》,冯涛等译,人民文学出版社 2010 年版,第 308 页。

是以散体书面语所讲述的故事，没有故事小说也就不存在了，对于任何小说来说，故事都是“至高无上的要素”①。福斯特认为，故事是依据一定顺序排列的对一系列事件的叙述，在“阅读”这一词语还没有发明的时候，故事吸引了我们身上最原始的本能，故事具有重要的作用，甚至可以追溯到文学的源头。福斯特明确小说要表达的是在日常生活中找不到的思想发展为行为的方法，区别于历史宿命观主导的外在原因，小说中的一切都以主导的情感和人性为基础。福斯特认为，情节是对有因果关系的事件的叙述，而故事是对一系列按照时序排列的事件的叙述，故事和情节是有一定逻辑关系的。

福斯特认为，小说塑造的是一系列更易于理解和驾驭的人种，是自我感觉既聪明睿智又富有力量的主人公，小说塑造的人物同时也是受制于作品的其他各个方面并且融入了作家本人血肉的。小说创作的规律和日常生活中的规则是两回事，作为艺术创作有其自身的创作规律，小说中的人物是否真实可信就取决于是否符合这些创作规律。作家通过塑造的人物“从其根源上揭示隐匿的生活”②，来实现小说表现人性的功能。福斯特认为扁平人物可以用一句话来概括，扁平人物即17世纪的类型人物、漫画人物、“气质类型”，是在某种单一的观念或品质下塑造的。扁平人物具有极易辨识、很容易被读者记牢的优势，读者喜欢喜剧性的扁平人物，厌烦悲剧性的扁平人物。而圆形人物是具有复杂性格的人物，具有多变和多义的特征，具有更高的审美价值。福斯特创造性地提出了扁平人物和圆形人物的理论，小说家通过塑造扁平人物和圆形人物自由决定彰显或是隐藏什么。

福斯特对小说家的创作也给予了具体的指导。他在《小说面面观》中强调，时间的概念是我们的敌人，小说家是在进行创造性活动，在创作时应尊崇某种感觉并脱离时空处于半迷狂状态，只有进入共通的状态，即获得灵感，才可以进行创作，小说家应该围坐在一个圆形房间里。福斯特认为，小说家创作的职能是从其根源上揭示隐匿的生活，当然这要通过人物形象的

---

① E. M. 福斯特：《福斯特读本》，冯涛等译，人民文学出版社2010年版，第319页。
② E. M. 福斯特：《福斯特读本》，冯涛等译，人民文学出版社2010年版，第331页。

塑造才能实现。与此同时，小说家在创作时也要遵循文学创作的规律，人物应融入小说家的经历并且受制于文学作品的固有规律，小说家创造出来的人物要能够努力吸引读者的文学想象。小说家只有做到“戏仿和改编”并且“提着天性之笔”才能进入“反常状态”，在灵感的激励下创作，才能写出出类拔萃的小说。小说家通过幻想和预言，创造出来一个“由爱和怜悯造就的延展、融会及和谐”的小说意境。

福斯特在思想禁闭的年代提出自由是影响文学创作的重要因素，原因有三：其一，“作家自身必须感受到自由，才可能沉浸到创作情绪中，写出好作品”①；其二，“作家、艺术家需要更多的自由——即把其感受表达予他人的自由”②；其三，“作为公众，他们需要能自由地去读、去听、去看”③。

综上所述：小说家通过塑造易于理解且易于驾驭的主人公来“表现人性”，塑造“既聪明睿智又富有力量”④的形象。同时探索也会起到促进作用，这就要求小说家开阔自己的视野，因为小说家看待自己的方式会带来小说人物塑造方式的改变，会产生更有影响力的全新的揭示人性的体系。在文学创作的基础之上展开的小说理论研究也是创作，是富有审美个性的，“是富有个性、创造性和艺术魅力的再生产”⑤。

三、阅读者的向导

福斯特善于阐释文学作品中的新意，是阅读者的导游和知音，其小说研究理论受到了读者的推崇。福斯特小说的选材和艺术手法都接近现实，从不同的角度和程度揭示和深入了解社会现实，反映了当时英国社会的僵化保守，以及不同民族和文化的对立和冲突。福斯特在文学创作中注重对人性的探讨，通过与艺术、文化和自然的联结来寻求和谐共生的方法和途径。

---

① 福斯特：《现代的挑战》，李向东译，花城出版社 1991 年版，第 17 页。

② 福斯特：《现代的挑战》，李向东译，花城出版社 1991 年版，第 18 页。

③ 福斯特：《现代的挑战》，李向东译，花城出版社 1991 年版，第 19 页。

④ E. M. 福斯特：《福斯特读本》，冯涛等译，人民文学出版社 2010 年版，第 343 页。

⑤ 李庚、许觉民：《中国新文艺大系（1976—1982）·理论一集（下卷）》，中国文联出版公司 1988 年版，第 558 页。

福斯特认为批评的真正职能在于能够区分优秀的作品和毫无价值的作品，理解小说家寄予在作品中的创作冲动和新生事物。

福斯特自始至终坚定地站在读者的角度上来思考问题。《一本影响了我的书》讲道："回顾我自己五十年来的读书生涯，我推举但丁的《神曲》、吉本的《罗马帝国兴亡史》和托尔斯泰的《战争与和平》为最伟大的三部著作。"①福斯特推崇莎士比亚和伏尔泰，"选莎士比亚是因为他的创造天才，选伏尔泰是因为他的批评天才和人性"②。"因为我自己属于那种只喜欢无意中被人影响的人。正面堂堂正正提出来的观点常使我敬而远之，相反，假如它只是漫不经心地横着滑过我面前，我倒有可能接受，而巴特勒恰是转弯抹角的大师。"③在这一认知的基础上，福斯特关注和分析数十位作家的文学创作，以达到潜移默化地影响读者的目的。

福斯特认为，小说理论研究家必须要有一个开阔的视野。小说家的乡土观念可以是他创作灵感的来源，但是批评家的乡土观念会束缚他小说理论研究的视野，以至于不能对读者加以指导。福斯特认为，英国文学是"用英语写成的作品"④。福斯特在《小说面面观》里创造性地提出，"出于批评家的谫陋，英国小说领域中有太多小屋被错认作了大厦"⑤。同时高度评价了托尔斯泰和陀思妥耶夫斯基："英国没有一个小说家像托尔斯泰那么伟大——也就是说，没有一个英国小说家曾如此全面地展现出人生的画面，不管是日常还是英雄的方面。没有一个英国小说家在探索人类灵魂方面达到了陀思妥耶夫斯基的深度。而且没有任何一个小说家在分析现代意识方面做得像马塞尔·普鲁斯特那么成功。在这些丰功伟绩面前我们必须稍做沉吟。英国诗自可以睥睨当世——不论是质量还是数量。可英国小说就没这么风光了：最好的小说并不出在英国，如果我们拒不承认这个事实，那可就

① 福斯特：《现代的挑战》，李向东译，花城出版社 1991 年版，第 101 页。
② 福斯特：《现代的挑战》，李向东译，花城出版社 1991 年版，第 23 页。
③ 福斯特：《现代的挑战》，李向东译，花城出版社 1991 年版，第 105 页。
④ E. M. 福斯特：《福斯特读本》，冯涛等译，人民文学出版社 2010 年版，第 306 页。
⑤ E. M. 福斯特：《福斯特读本》，冯涛等译，人民文学出版社 2010 年版，第 306 页。

真是小家子气十足了。”[1]

综上所述:仅以六部长篇小说便跻身英国优秀小说家之列的福斯特,在致力于文学评论后,强调以“面面观”作为小说理论研究集的标题,是因为“面面观”留下了一个自由广大的空间,即小说理论研究家可以从不同的角度来看待创作,读者也可以以不同方式看待文学作品,虽然它并不那么科学和明确。小说家可以有多种创作方式,批评家可有多种批评方式,读者可以有多种阅读方式。

第二节　以读者为中心的小说理论研究体系

M. H. 艾布拉姆斯在《镜与灯——浪漫主义文论及批评传统》中首次提出了文学批评由作家、作品、世界和读者四大要素组成,这四大要素是一部完整文学作品的必备要素,随后批评家们围绕着文学作品的作家、读者、作品和世界四大要素纷纷提出自己的文学理论并形成了不同的理论体系。有的学者认为小说批评应该包括“为批评的批评”,因为“为批评的批评”既可以指导作家也可以指导小说理论研究,做到了这一点才能找到小说理论研究的意义和价值。围绕着文学作品的作家、读者、作品和世界四大要素,小说理论研究经历了以作家为中心到以文本为中心,再到以读者为中心的发展历程,福斯特创造性地提出了以读者为中心的边缘小说理论研究体系。

19 世纪上半叶欧美浪漫主义文学发展时期,在作家与作品的关系研究中,主流小说理论研究以作家研究为中心,基本上忽视了读者元素;20 世纪初,以俄国形式主义以及英美新批评、结构主义和解构主义等为代表的新批评派关注分析和阐释文学文本的各要素,并形成了“作品本体论”思潮;而到了 20 世纪 60 年代后期到 70 年代,沃尔夫冈 · 伊瑟尔、汉斯 · 罗伯特 · 姚斯等批评家提出了阅读理论,即小说理论研究开始关注读者的接受与理解,出现了读者反应批评理论。

---

① E. M. 福斯特:《福斯特读本》,冯涛等译,人民文学出版社 2010 年版,第 306 页。

读者反应批评理论始终关注读者以及读者在文学阅读过程中对作品的再创造作用，一批知名文学评论家出现了，并提出了一系列理论。例如诺思洛普·弗莱认为小说家只能带来词语，文学作品只有通过读者的阅读才能获得意义。伊瑟尔强调相对于对具体文学创作文本的阐释来说，小说理论研究家更应该关注读者在阅读过程中的感受。姚斯认为文学文本是静态的，只有在读者动态的阅读链条下作品的意义才能充实、丰富和显现出来。费什认为，文学作品只有通过读者的阅读期待、心理投射、结论和判断的整体观照下才能与文学文本互动，只有在读者的阅读过程中作品的意义才得以实现。读者反应批评家认为读者的作用是巨大的，不仅能诠释文学文本，同时对文学文本能起到再造作用，而文学文本始终是处于变动的过程中。读者反应批评理论始终坚持以读者为中心，关注读者在阅读过程中的价值和作用。

但以费什的小说理论研究为代表的读者反应批评理论也有其弊端：费什虽然关注读者的再造作用，但是却对读者提出了很高的要求。费什的读者反应批评理论提到的读者是理想化的读者，是“有知识的读者”，需要具备一系列的特殊才能，即需要具备很强的文学能力，熟练地掌握文学创作的语言，同时还要正确地理解文学文本中的成语、专业词组、搭配的可能性，以及其他方言、行话之类的文化知识，要求读者具备很高的文化素质。读者反应批评虽然有其弊端，但是相对于以往已经有了巨大的进步，始终关注人、人际关系、人的历史性存在，并且关注人类文化的交融和对话，是具有人本主义思潮色彩的小说理论研究流派。

福斯特在《小说面面观》中也关注了作家、读者、作品和世界四者的关系，他研究了数十位小说家的文学创作，探索了小说的奥秘，为激发读者兴趣提出了“读者中心论”，即读者在小说理论研究中占据中心位置。福斯特在《小说面面观》中对以读者为中心的文学理论批评体系提出了要求，将小说的七个方面与读者的反应批评联系在一起，在形式主义小说理论研究中独树一帜，提出了构建理想读者的具体有效途径，具有重大意义。

福斯特在《小说面面观》中从七个方面对文学作品进行了具体的分析，

提出对小说的任一侧面下定义，最便宜的方法莫过于从读者的角度入手，小说的七个方面对读者提出了不同的要求。福斯特认为小说是一个整体，每一部分都能够引起读者不同的兴趣，故事能够吸引读者的好奇，情节能够吸引读者的智识，而模式能够吸引读者的美感。小说的基础是故事，而故事关注的是读者的好奇心，引起了读者的好奇心才能激起读者的阅读兴趣；塑造出来的人物关注的是读者的价值体系，以期能引起读者的共鸣；情节需要的是具有好记性和智慧的读者。

福斯特认为小说有七个方面，他在每一个方面都对读者提出了不同的要求，他在《小说面面观》中具体地以幻想和预言对读者的要求为例来进行了说明。幻想要求读者或者接受超自然因素的存在，或者接受超自然因素的不存在，这就要求读者做出额外的调试并付出额外的努力和代价。预言是一种态度和腔调，包括了基督教、佛教、二元论、恶魔崇拜，或者是人类的爱，可以是人类的任何信仰，远远超过日常生活中我们所能表现的程度。读者关心的并不是小说家观照世界的任何特别的角度，而是他在字里行间遣词造句中体现的言外之意。小说家为了能够接受预言的含义，要求读者具备两个素质，即“谦卑以及暂时将幽默感抛开”①。小说的节奏也具有特殊的叙事效果，虽然不像模式一样到处可见，但它可以引起读者的期待和新鲜感。

福斯特最后从文学作品要达到的整体效果上对小说家和读者提出了要求：小说家的必备观念是扩展和开放而非完成和自足，需要具备一个开阔的视野。文学创作中的重中之重是小说家是否能使读者对他讲述的故事信以为真，获得真实、客观的叙事效果并不能简单地归因于几个公式和原则，而全在于小说家的文学创作能力。小说的世界是不断发展的，是由爱和怜悯通过延展、融会及和谐而达到的只可意会不可言传的境界，但又远远超出这个通常的小说的境界。

福斯特在《小说面面观》中鲜明地提出了以读者为中心的小说理论研究

---

① E. M. 福斯特：《福斯特读本》，冯涛等译，人民文学出版社2010年版，第385页。

体系，有别于其他的读者反应批评理论体系，在具体和整体的层面上提出了方方面面的要求，具有重要的价值和意义。

第三节　小说理论研究坚持以文本细读为中心

新批评的文本细读法是建立在对文本细致分析的基础上的。新批评的文本细读法要求将文学文本作为文学批评的主要研究对象，认为文学文本是一个具有稳定、和谐结构的整体，是由语言构成的并充满矛盾的。文学新批评的意义在于考察和评价文本的语言结构，小说理论研究家的作用不仅仅在于文学作品的作者、塑造的形象或是与社会的链接，而在于平衡分析整体的各方面因素，最后达到对作品意义的领会。布鲁克斯在《形式主义批评家》中同样也强调了小说理论研究要整体地关注文学作品，即文学作品是否能成功地构成一个和谐的整体，组成这个整体的各个部分是怎样地相互联系，以及各部分之间有何关系，但新批评同时也有其弊端，此处强调的文学作品的整体是单个的文学创作。

福斯特把小说理论研究置于作家—读者—作品—世界的整体中来考察，具体地剖析了小说的七个方面，并指出读者的阅读是其中最为重要的。福斯特继承和发展了新批评的“细读法”的精髓，认为只有通过文本细读，才能领会作者的深意并体会作品的精妙之处。叶公超也持有相同的观点，他指出小说理论研究最忌讳不把文学作品当成一个整体来考察，先入为主地带着强烈的个人情感到文学作品中去寻找相通的情感，根据这种先见的情感并结合文学文本中的经验来证明或是扩大这种情感，执着于作品中的具体字句、塑造的人物或是境界，带着这种情感会脱离整个作品而沉浸在自己的情感中，这是文学阅读中存在的最大问题。

福斯特在《小说面面观》中强调，小说理论研究要以文本细读为中心，阅读是消化文学作品的唯一途径，文学作品是一定要读的，而且要读透，只有这样才能弄明白小说家的真正意图，阅读是个体活动，读者需要一个人来跟小说家“较劲儿”。福斯特的基于整体的文本细读区别于新批评的细读法之处在于，福斯特反对将理论代入作品的程式化的分析，提倡的是基于文本之上有切身情感体验的文本细读。

福斯特同时也指出了小说理论研究出现的一些问题，首要问题是过度地侧重于理论。福斯特在《小说面面观》中具体地以讲座为例进行了说明：讲座，特别是和小说理论研究有关的讲座，在过程中尽管在进行高明睿智的讨论，不论意图和具体的创作手法如何高尚和完美，但主题会在不知不觉间不见踪影，到最后讲座中讨论的主题已经和阅读的小说没有了任何关联，即强调批评家从理论出发，忽视了对文学作品的解读。福斯特认为，小说理论研究无论是在从生活移植到书本还是从书本移植到讲座的过程中，还是从一个范畴转移到另一个领域，小说理论研究往往是在不被我们察觉的情况下悄悄地变质了。

福斯特认为，要解决小说理论研究中存在的这些问题，就要注重作家—读者—作品—世界的整体“联结”，始终要坚持文本细读。同时福斯特提出在文本细读的过程中，小说具有“额外的意义”和“附加的意义”，强调读者在文本细读的过程中对文学作品“言外之意”的探寻。陀思妥耶夫斯基作为俄罗斯文学的大家，其笔下描写的人物要求我们分享的是比他们具体的生活经验更加复杂和深刻的体验，充满着丰富的言外之意。福斯特在《小说面面观》中一再强调，明确说出来的话语达到的艺术效果远远没有言外之意重要，读者始终要关注文学作品的言外之意。正如李健吾所说，最终一切的决定力量不是某种利益或者某部杰作，而是强调自身存在的完整无缺的精神作用，是一件可以单独生存的艺术品，只能是由作家从深层的人性中才能提炼出来的精华，即只有坚持文本细读才能体会作品中的言外之意。

陈思和教授提出，文本细读是一种很重要的方法，可以为小说理论研究和文学研究来服务，也可以满足各个阶层阅读的需要。福斯特认为，小说家创造的境界是通常的并不断向后延展的，不只是个故事或寓言，是由爱和怜悯通过延展、融会、和谐而达到的只可意会不可言传的境界，但又远远超出这个通常的小说世界的境界，是需要感知的，这就更需要小说理论研究以文本细读为中心，这也体现了福斯特寻求和谐的自由－人文主义联结观。

第四节　心灵介入的文学创作理论

作为20世纪英国知名小说家，福斯特的文学创作融合了传统与现代手法。福斯特能够从很多地方吸收养分，汲取英国19世纪浪漫主义和法国象征主义诗人艺术观之长，同时其文学和艺术观也深受弗洛伊德、荣格和伯格森的影响。从英国文化传统和美学的传承上看，福斯特研究和关注的与乔伊斯、伍尔夫所关注的有着明显的亲缘关系，福斯特"深受巴特勒、简·奥斯汀等作家的影响"①，早年有模仿亨利·詹姆斯的痕迹，福斯特自己认为简·奥斯汀、乔治·梅瑞狄斯及塞缪尔·巴特勒的作品对他的创作影响最大也最持久。福斯特继承了传统小说理论研究，评论界认为他有望成为继托马斯·哈代之后最伟大的小说家。通过研究国内外对现代主义文学和福斯特及其作品的介绍，研究者越来越把福斯特归入到英国现代主义作家的行列之中。福斯特作为中产阶级的精英，试图继承和汲取传统中的精华，改变了人们对文化传统的理解，提出了边缘性的小说研究理论。

福斯特坚持心灵介入的文学创作批评，心灵介入的文学创作批评是指"批评家用经验、智慧和热情拥抱作品，通过批评心得的诗意传达激活创作的灵性；它和创作一同前进，扶植文学新人的成长，推动文学流派的发展，体现了批评的'艺术关怀'"②。法国文学理论家阿尔贝·蒂博代指出，小说理论研究对小说家具有重要的再造作用，从另一个更重要的意义上来说，文学家对小说的文学创作也具有重要的再造作用，在这个过程中，小说理论研究具有特殊的重要作用。文学艺术最明显的特征是新奇性、独特性和不可重复性，福斯特的小说理论研究将批评视野置于"作家—读者—作品—世界"的整体链条中，并不局限于文本，在小说理论研究过程中推崇心灵介入的小说理论研究方法，并以挖掘人性为终极目标。

---

① E. M. Forster: *The Legancy of Samuel Bulter*, The Listener, 1952, p. 955.

② 赖力行：《中国文学批评的传统与转化》，湖南师范大学出版社2008年版，第227页。

福斯特强调“历史不断发展，艺术则恒定不变”，认为在小说理论研究中人类的心灵是检验的标准，文学作品的意义就寄寓在“人性”之中，文学作品所具有的“新奇性、独特性和不可重复性”的艺术效果都必须“经过创造性心灵的检验”。福斯特在《小说面面观》中指出，人性、心灵是小说中最为重要的，小说浸染在人性中，小说中浓烈的人性特质是必备的，无关于人们的好恶，人性、心灵都是存在的，在小说理论研究的过程中，人性的力量是不可回避的。如果把文学作品中的人性、心灵都抹杀掉，那文学作品也就只剩下干巴巴的字词了。福斯特认为小说家的主要激情都是共通的，而小说家的主要职能是从其根源上揭示主人公隐匿的生活并表现其人性，包括人物的性格和内心世界等等。福斯特在《小说面面观》中强调，小说理论研究要摒弃原则和体系，原则和体系或许并不仅仅适用于文学艺术，就算用原则和体系得出了结论，也都必须经过重新检验，即心灵的检验，检验的唯一标准只能是心灵，也只有人类的心灵堪当重任。总之，对文学作品的检验应该是我们对它的感情，只能借助于心灵而摒弃原则和体系。

福斯特认为，作为艺术作品并有其自身独特创作规律的小说，跟日常生活中的原则和体系是两回事，小说中的主人公写得是否真实取决于它是否符合这些创作规律，而非条条框框的原则和体系。文学创作在特定的情况下会获得一种绝不可能在日常生活中存在的真实，即当小说家对创作的人物的一切不能完全掌控时，虽说这个人物没有得到解释说明，但却符合心灵的介入法，这个人物就是真实的，这个文学形象就是立得住、讲得通的符合文学创作真实的形象。小说家的境界是不断向后延展的，不只是个故事或寓言，是通常的小说世界，同时又远远超出这个日常的小说世界，而这种境界是经由爱和怜悯并通过延展、融会及和谐构成的只可意会不可言传的境界，小说也未必是获得这个境界的必经途径。同时福斯特在《美术的体系》中强调，文学作品中要虚构的是在日常生活中绝对找不到的将思想发展为行为的方法，而不仅仅是故事。历史强调的是宿命观主导的外在原因，而文学作品强调的是以人性为基础的内在原因，通过有意为之的情感来表现人性。

福斯特认为,“小说的成功端赖于它自身的敏感度,而不在于它选材的成功”①。亚里士多德认为,性格决定我们的品质,而行动——我们的所作所为决定我们的幸与不幸②,福斯特并不认同,福斯特认为人类所有的幸与不幸全表现在具体的行动中。我们认为,幸与不幸存在于我们每个人私下的生活中,这种生活小说家也已进行了描述。福斯特走出了新批评的“意图谬见”和“感受谬见”的误区,强调小说理论研究中“人类的心灵”的检验标准,这成为其小说理论研究的评价依据和理论根基。福斯特的介入小说理论研究有几个关键的节点:坚持文本阅读,“读者必须一个人坐下来跟作者较劲儿”,只有建立在大量阅读的基础上小说理论研究才能够科学客观;比较分析作家的创作,进行共时与历时的研究;注重对作品本身的评价。福斯特反对将“一本书跟它产生的历史时期,跟其作者的生平事件或是它描写的那些事件,最重要的是跟某种‘潮流’联系起来”③的小说理论研究方法,他强调的是边缘的“小说中的一切都以人性为基础”的心灵介入文学创作理论。

福斯特在《小说面面观》的引言中强调,之所以用“面面观”来命名这部小说理论研究,是希望不仅读者可以以不同的方式来理解文学作品,小说家也可以以不同的方式来看待自己的文学创作。福斯特认为“小说中的一切都以人性为基础”④,福斯特看到了人类心灵的两种运动形式:一种是虽然单调乏味但浩浩荡荡、规模宏大的历史;另一种是怯怯羞羞旁逸斜出的边缘化运动。福斯特的文学艺术观深受弗洛伊德、荣格和柏格森的影响,坚持“人类的心灵”是小说理论研究的检验标准,艺术是实现精神价值的最高尚的手段。李健吾也认同批评家为了发掘作品的人性内涵,应该从其人性作为出发点来考察。

小说批评的根本出发点是心灵的检验。因为小说理论研究者最关心的是人,所以能够自觉穿过他所鉴别的材料,追寻文学作品中对人性的昭示。

---

① E. M. 福斯特:《福斯特读本》,冯涛等译,人民文学出版社 2010 年版,第 316 页。

② 参见亚理斯多德:《诗学》(修订本),罗念生译,中国戏剧出版社 1986 年版,第 14 页。

③ E. M. 福斯特:《福斯特读本》,冯涛等译,人民文学出版社 2010 年版,第 310 ~ 311 页。

④ E. M. 福斯特:《小说面面观》,冯涛译,人民文学出版社 2009 年版,第 40 页。

创造者提取生活经验来加以配合,并以此作为理想生存的方案,小说理论研究者捡拾起这些复制的生活经验,作为人类发展进步的证明,把一个活动的灵魂完整地呈现出来。

福斯特通过深刻和丰富的思索与人生经验形成了他独特的思想和文学艺术观。福斯特能够站在哲学的高度审视人生和人性并揭示真理,心灵介入的小说理论研究能够从最大的程度上实现福斯特对文学作品的意义和人性的挖掘,致力于实现小说理论研究的意义和价值,心灵介入的小说理论研究是福斯特在小说理论研究领域所做出的独特贡献。

第五节　小说理论研究应摒弃原则和体系的镣铐

20 世纪 20 年代开始,欧美批评界出现了小说理论研究家学习理论并且运用到小说理论研究中的趋势,小说理论研究家在小说理论研究的实践过程中归纳出了一系列概念的公式和法则,被后世奉为圭臬来评价文学作品。福斯特认为,读者对作品的审美感受是不能被原则和体系所取代的,因为想要了解作家,除了文本细读之外并没有特别好的办法。如果没有读过文学作品,小说理论研究的原则和体系就没有用武之地,文学评论的原则,并不是万能的。瑞恰慈认为,“批评就是力求辨析经验和进行评价”[①]。郭沫若也在《批评与梦》中强调,文艺是个发明的事业,批评是关于文艺的事业;文艺主要在于创造无中生有,小说理论研究如在沙中寻金。“文学批评的对象是一种艺术,批评本身显然也是一种艺术。”[②]福斯特认为,“最关键最复杂的方法问题并不能归结为几个公式”[③],奉原则和体系为圭臬的小说理论研究的弊端就显现了出来。

福斯特反对主流的运用概括的公式和永久适用的法则来进行小说理论

---

① 艾·阿·瑞恰慈:《文学批评原理》,杨自伍译,百花洲文艺出版社 1992 年版,前言第 1 页。

② 诺思罗普·弗莱:《批评的解剖》,陈慧、袁宪军、吴伟仁译,百花文艺出版社 2006 年版,第 4 页。

③ E. M. 福斯特:《福斯特读本》,冯涛等译,人民文学出版社 2010 年版,第 353 页。

研究的做法。福斯特描写的人物不仅是个人,他们有时代表着一个类型,他写的既是具体的个人也是具有某种普遍意义的故事。因此,法国著名诗人和批评家波德莱尔认为,好的小说理论研究不是冷冰冰的数字式的,而是既能解人意,又饶有诗意的,是具有极为广阔视野的。福斯特指出,“小说是一种创造性艺术”①,他认为,“原则和体系或许适用于其他艺术形式,可决不适用于此——就算用上了,由此得出的结论也必须经过重新检验”②。小说理论研究源于文学作品,从理论出发来研究文学作品的文学价值是有违文学创作的初衷的。读者要深刻理解文学作品的内容,阅读是消化文学作品的唯一途径,读者必须一个人安下心来阅读。福斯特引用了 T. S. 艾略特在《圣林》的《导言》中的一段话具体地谈到了小说理论研究家的职责,在有优良的传统值得传承的时候,批评家的职责在于传承传统。秉承一以贯之的原则和整体观照的态度来审视文学也是批评家的重要职责,应该超越时间关注文学本身和传统。文学大师列夫·托尔斯泰也强调,在别林斯基文学评论的指导下才能更好地真正地了解普希金的文学创作,认为文本细读结合小说理论研究的指导才能更好地了解作家和欣赏文学作品。对于文学作品来说,作家的意图和读者的注意力都是内向的,两者蕴含的意义存在于作家对艺术的创作和读者对艺术的反应中,而读者即使周全、自觉地去了解这种含义也并不能清楚地意识到。

福斯特从文学创作实践出发来证明小说理论研究对作家和读者的重要作用,在接受访谈时他声称,“我自己不懂弗洛伊德或荣格,经过普鲁斯特的过滤,我才能了解”③。小说理论研究对读者有重要的指导作用。艾略特在《批评的功能》一文中强调,小说理论研究的目的是解说艺术作品并能纠正读者的艺术鉴赏能力。福斯特认为,时下的小说理论研究出现了文学理论和小说创作“自行其是,两不相干”的状态,小说批评悄然开溜,不知不觉间

① E. M. 福斯特:《福斯特读本》,冯涛等译,人民文学出版社 2010 年版,第 306 页。
② E. M. 福斯特:《福斯特读本》,冯涛等译,人民文学出版社 2010 年版,第 318 页。
③ 王诜:《世界著名作家访谈录》,江苏文艺出版社 1991 年版,第 28 ~ 29 页。

不见了踪影,而小说理论研究家们探讨的领域已经和读者阅读的文学作品不相关了,这种情况的发生是不易察觉的。

福斯特认为,读者在阅读的过程中从自身的阅读经验和文学素养出发,获得审美体验,进而影响自身的审美观、创作观和哲学观等。一方面,福斯特将作品、作者和读者结合起来,强调作品在阅读过程中的传播作用,继承了新批评的文学本体论的观念。另一方面,福斯特在《小说面面观》中将小说分为七个方面,认为作品、作者和读者是一个密不可分的整体,没有局限于新批评的纯文学因素的批评模式,坚持以读者为中心的读者反应批评,福斯特完成了从新批评到读者反应批评的过渡。福斯特创造性地将作品和读者引介到小说理论研究中,克服了新批评的弊端。同时福斯特批评了小说理论研究中过分强调小说创作技巧的做法,认为伟大的文学作品在于对人性的揭露,从而也明确了小说理论研究的关键。

福斯特认为,真正的小说理论研究家应该具有“深厚的同情”、“敏锐的感受”和“丰富的知识”,应“眼界开阔”“装备精良”,应“传承传统”,“给人以启发和激励”,关注文学创作本身。郭沫若在《批评与梦》中也强调,真正的文艺是由极丰富的生活和纯粹的精神所升华的象征世界。福斯特的《小说面面观》是根据其文学创作实践进行小说理论研究的典范,以丰富的文学创作经验和小说理论研究家的视域“联结”作家、作品和读者,体现了其自由－人文主义联结观。

第六节　追寻“形式美”与“言外意”的联结

亨利·詹姆斯认为,小说像任何一个有机体一样,是一个有生命的东西,它富于生命力而且是一个复杂的整体,每一个成分里都有其他成分里的某些部分,并且是一个连续不断的整体。福斯特认同这一观点,并在其小说理论研究《小说面面观》中创造性地将小说创作分为密不可分的七个组成部分,他认为只有联结追求节奏、模式的形式美和具有幻想、预言的言外意,即追求形式美和言外意的结合才能构成密不可分的小说理论研究的整体美。

一、节奏和模式的形式美

福斯特从音乐和绘画领域借用来了节奏和模式来表现小说的形式美，即“由情节衍生，人物和其他因素有所贡献的层面”。福斯特认为，小说往往会在音乐中找到其最为相近的对照物，即节奏，福斯特将节奏分为简单和复杂两种。福斯特以普鲁斯特的《追忆似水年华》为例来证明简单的节奏就是“重复加变化”，这部小说混杂无序、结构失衡并且没有完整的外形，但它因具有节奏感并且具有内在的凝结点而凝结为一个整体。“它总像个活物儿，却以不同的形式出现”，并且“可在瞬间完全指明了方向”①。复杂的节奏追求的是“整体性的效果”，是能让读者深切感受到的。作家可以像音乐家一样寻求令读者“倍感新鲜、满怀期冀”的元素，从而获得类似于音乐中“节奏感”的美感，使读者获得意外的“美感”。

福斯特认为，模式是小说中属于美学范畴的一个组成部分，虽然小说中的任何人物、场景、字句等元素都能为文学作品的整体模式提供养分，但是它主要还是依赖情节的滋养。福斯特举出了两种典型的“模式”形状的例子：一种状如沙漏，另外一种是长链队形。福斯特认为：“所谓‘沙漏’形，即涉及主要人物的故事情节在中途出现了戏剧性的变化，使原本处于对立面的人物发生碰撞，并互相换位，而最后又回到不同的对立面。”②另一种典型的“模式”状似长链，“‘美’有时就是一部小说的‘外形’，就是其整体性，就是其一致性”③。福斯特认为，一方面小说模式对小说艺术整体美的建构具有重要作用，另一方面单靠小说模式的整体艺术美则存在着弊端，即盲目追求小说的整体艺术美往往会脱离活生生的生活而使艺术失去生命力。福斯特认为，《战争与和平》是具备节奏和模式的形式美的典范，要做到这点“必须坚持的观念是‘扩展’，而非‘完成’。是‘开放’，而非‘自足’”④。“一首

---

① E. M. 福斯特：《福斯特读本》，冯涛等译，人民文学出版社 2010 年版，第 412 页。

② 王丽亚：《E. M. 福斯特小说理论再认识》，载《外国文学》2004 年第 4 期，第 35 页。

③ E. M. 福斯特：《福斯特读本》，冯涛等译，人民文学出版社 2010 年版，第 403 页。

④ E. M. 福斯特：《福斯特读本》，冯涛等译，人民文学出版社 2010 年版，第 414 页。

交响曲在曲终奏雅后，我们会觉得每个音符和曲调都获得了解放，它们在作为整体的节奏中找到了各自的自由。小说为什么就不可以如法炮制？"①

福斯特希冀小说家能够创作出具备节奏和模式的形式美的作品，对小说家提出了更高的要求，同时也为小说创作提供了新的取材视角。

二、幻想和预言的言外意

幻想和预言因都具有神话意味而被福斯特归为一类，但二者也有明显不同，幻想小说偏具有即兴创作的味道，预言小说则是超越人类能力之上的激情所致。

"幻想"要求读者"付出点额外的代价"，使读者做出"不同于一般艺术作品所要求的额外的调适"，对读者的想象力提出了某种要求。福斯特认为，小说一般来说语气都很平实，一旦引入幻想的成分，其效果就会非同一般，而读者需要进行心理调适以适应其方法和题材的怪异。福斯特认为幻想并不需要挑明，暗示了超自然因素的存在。幻想小说的创作手法主要是"戏仿"和"改编"，福斯特在《小说面面观》中指出，"戏仿"和"改编"是出于自己的目的将其当作一个框架或是源头来用，是指幻想小说家为造就自己的神话借用某部较早的作品。他认为幻想具有特殊的作用，赋有丰富文学才华却不太擅长塑造人物的，有一腔块垒要倾吐的小说家，可以从幻想小说中受到启发，开始文学创作。

陀思妥耶夫斯基被福斯特称为"伟大的小说家"，《卡拉马佐夫兄弟》中的"着眼点是一个能够包容我们全人类的境界"，主人公米嘉是"预言中的幻象，也是小说家的创造"，作者表达了一个经由爱和怜悯造就的延展、融会及和谐发生的只可意会的境界。小说家的世界，都不只是个故事或寓言。它确实也是寻常的小说世界，可它不断向后延展，境界又远远超出这个寻常的世界，体现了更为深刻的预言的力量。

福斯特在预言方面对读者提出了谦卑和抛却幽默感两方面的要求。福

---

① E. M. 福斯特：《福斯特读本》，冯涛等译，人民文学出版社 2010 年版，第 414 页。

斯特说:“预言”是一种可以包含人类曾经有过的例如基督教、佛教、二元论、恶魔崇拜等任何种类的信仰,或者仅仅是将人类的爱、恨提升至极端的强度,远远超出其正常表现的程度的腔调。至于作家具体以何种特别的角度来观照宇宙,则非我们关切的要旨,在小说家的遣词造句中有所体现的并且真正关系重大的是对其言外之意的追寻。

第七节　小说理论研究作用“悲观论”

福斯特虽然出版了小说理论研究专著《小说面面观》并从七个方面对小说以及小说理论研究提出了具体的原则和要求,但透过字里行间我们却可以看到福斯特秉持着小说理论研究作用“悲观论”的观点。

福斯特认为,艺术之外的许多事物都是十分重要的,艺术只是众多重要事物之一,并不具有特殊的意义。福斯特认为秩序不是外部强加之物,而是一种从内心衍生的东西,并寻求内心的平衡和富有生命力的和谐。福斯特把人类世界的秩序分成了四类,即社会政治秩序、天文秩序、宗教秩序和艺术秩序,而艺术秩序是秩序的明证。文学艺术是物质宇宙全体中唯一享有内在秩序的事物。正因为这个原因,尽管他不认可唯艺术论的观点,但是却由衷信仰“为艺术而艺术”。福斯特提出“‘三思而后言’是批评的座右铭”[①],认同英国国立美术馆馆长肯尼思·克拉克勋爵的观点,即诗人与艺术家在感性、知性、创意方面不同于一般大众,他们远远超过了一般大众,所以他们尤为重要。诗人与艺术家为了获得感性、知性、创意方面的能力,在接触艺术之前最好先受过系统的训练,因为未经训练的欣赏容易误入歧途,使人迷失于不能自圆其说的困境。

福斯特认为,小说理论研究是有一定功用的。小说理论研究的目标有两个:第一是较重要的艺术审美,把艺术作品作为一个实体来展现其生命内容;第二是次要的辅助目标,即研究文学作品与世界其他事物之间的联系,

① 福斯特:《现代的挑战》,李向东译,花城出版社 1991 年版,第 121 ~ 122 页。

就连毫不相干的问题也是在问题的研究范围之中。

小说理论研究具有重要的价值，主要体现在教育和文化方面。小说理论研究可以促进社会的文明，确立原则和标准，提供理论和分析，以达到推动读者去关注其所生活的世界的目的。小说理论研究除了具有拆破西洋镜和夸张把戏、抑制自命不凡的功用之外，还应该寻求更高层次上的价值，即能发现存在于批评与其对象物之间的精神上的对应价值，而这一目标的达到会面临重大的坎坷和困难，即小说理论研究是有其局限性的。

福斯特认为创作心态是不可控的，是灵感的突发，在创作心态的支配下，“一个人会心神游骋于体外。他缒下吊桶从潜意识底层里捞出一些他通常远不可及的东西，他把这东西掺入其日常经验，而从掺合物里提炼出艺术作品”①。福斯特始终坚持文学创作心态与小说理论研究心态之间有一道鸿沟，而跨越这一鸿沟的法宝就是爱。因为爱能激励批评家从事小说理论研究，同时爱也能激发小说理论研究家与艺术家合作，是批评家进行美学巡礼的精神上的理由。

福斯特赞同 C. D. 刘易斯在《诗的意象》中的一段话：“批评理论对于诗人有什么重大影响吗？我敢说，几乎等于零。诗人创作了一首诗，然后他转入新的实验，创作下一首诗。此时若有批评家来教训他先前的诗好在哪里坏在哪里，他只觉得牛头不对马嘴。”福斯特肯定地赞同刘易斯，承认自己几乎一直感到小说理论研究是“牛头不对马嘴”的，对小说理论研究的作用持“悲观论”的观点。

福斯特认为小说理论研究是无用的，就算是有些作用，也是些细枝末节的皮毛小事。福斯特强调，小说理论研究只是通过两种方式对艺术家有帮助：其一是普遍而言的，艺术家归根结底要与人交往，因此他需要好的友人，小说理论研究家可以充当这个友人。批评能够帮助艺术家的第二种方式因人而异，它可以帮他克服细枝末节、有关文体的皮毛小事。福斯特认为，小说理论研究能起到的作用都是不值一提的小事，“批评能给予艺术家的也就

---

① 福斯特：《现代的挑战》，李向东译，花城出版社 1991 年版，第 118 ~ 119 页。

这么些鸡毛蒜皮的帮助,它帮不了大忙"①。"关于批评,我的主要结论是泼冷水的,我也没能成功地发现它给了艺术家什么有实在意义的帮助。"②

虽然福斯特是知名小说理论家并完成了小说理论研究专著《小说面面观》,但他始终对小说理论研究的作用持"悲观论"的观点,认为即使有作用也是些细枝末节的"皮毛小事"。

福斯特结合自己文学创作的实践经验,将小说理论研究置于"作家—读者—作品—世界"的整体链条中,从不同层面解读几十位作家,创造性地从文学创作和读者接受的角度进行了剖析,深度挖掘人性,秉持小说理论研究"悲观论"的观点,其边缘化的小说理论研究在该领域影响深远。

① 福斯特:《现代的挑战》,李向东译,花城出版社 1991 年版,第 131 页。
② 福斯特:《现代的挑战》,李向东译,花城出版社 1991 年版,第 132 页。

第四章 福斯特的边缘自由-人文主义“联结观”

第一节 边缘中产阶级形象通过“联结”寻求和谐

“边缘”是与“主导”相对的，边缘形象在政治上、经济上、社会地位上均处于边缘的地位和被动的状态，是指边缘群体中的形象。1826年《威斯特敏斯特评论》认为，除了中产阶级所具有的政治意义和道德意义之外，英国的中产阶级是社会中坚的力量，中产阶级的地位是无与伦比的，囊括了英国社会的大部分智慧、工业和财富。中产阶级具有能发明的头脑和能行动的肢体，他们的物质和精神都是高度发展的，拥有能提供具体的项目计划的企业和使这些计划付诸实施的资金。在英国，中产阶级的文化、身份地位、思想等等都是占主导地位的，中产阶级塑造了英国的民族性格。英国的中产阶级受到法国启蒙运动及其思想家的影响，总体上来说有很高的政治觉悟和民族自觉性，绝大多数的英国中产阶级阶层对法国大革命和美国的独立战争持赞同态度，他们代表着新兴工业资产阶级价值标准的民族精神。福斯特作品中塑造的是边缘中产阶级形象，指的是无法忍受主流中产阶级意识形态和控制的群体。

奥登认为，福斯特的世界观有别于强硬的反中产阶级作家，福斯特是温和的寻求和谐的边缘中产阶级作家，是反男性现代主义的，是传统的“笨手笨脚的和事佬”而不是激进的现代主义者，所以福斯特被称为“自由-人文主义者”,并且成为英国这一时期“自由 – 人文主义者”的代表作家。福斯特被称为“自由 – 人文主义者”是得到普遍认可的,鲍曼认为福斯特在20世纪50年代到60年代是“自由 – 人文主义者”的典型代表,爱·摩·福斯特这个名字就具有象征意义,象征着乡村生活传统、个人关系、内在生活、艺术及个人的重要性,同时象征着自由 – 人文主义对非个人、城市化、资本主义和帝国主义的反对。福斯特虽然已经发现了自由 – 人文主义的不完美,并对英国的自由 – 人文主义这项传统颇有疑虑,但福斯特通过自由 – 人文主义与艺术、文化、宗教和自然的联结来寻求和谐,并没有与之决裂,是温和的寻求和谐的边缘中产阶级作家。

福斯特始终坚持自由 – 人文主义联结观,他的一生就是其自由 – 人文主义思想不断成熟、发展和完善的过程。福斯特曾经在评述法国现代作家安德烈·纪德时总结道:“人文主义者有四项主要的特征:好奇心、自由心灵、对品味的信仰和对人类的信仰。”[①]欧美学界把福斯特当作自由 – 人文主义者的代表,已经得到了普遍的认可,福斯特在生活和创作中具体地将人际关系、艺术、文化、乡村生活传统及自然联结起来,并且充满了自由 – 人文主义者对个人、工业社会、资本主义和殖民主义的现代性反思。福斯特的自由 – 人文主义联结观的形成是有渊源的,具体来说就是桑顿家族和福斯特的剑桥与布鲁姆斯伯里岁月。对于福斯特来说,到了剑桥大学三一学院学习,他才找到了自己。剑桥大学的学习时光美好得不真实,学员之间没有自满、顽固或者愚昧,能够真诚地交流,这使得福斯特能够直接客观地掌握真理。这是福斯特追寻和谐人际关系和人类之爱的源泉。福斯特后来加入了脱胎于剑桥大学的布鲁姆斯伯里文化圈,更加强化了他的这一意识。正是在与剑桥大学和布鲁姆斯伯里文化圈的学员的交流中,英国传统的维多利亚时代的自由主义为福斯特所吸收、继承、修正和升华。布兰德伯里教授在《两条通往印度之路:福斯特的维多利亚特征与现代特征》一文中强调,应该正确地看待福斯特源于维多利亚时代的自由 – 人文主义联结观,应客观评

① 福斯特:《现代的挑战》,李向东译,作家出版社1998年版,第203页。

价福斯特创作中的具有现代主义创作特征的创作手法和以文学艺术为理想和道德传播途径的思想。

福斯特的自由-人文主义思想吸取、继承和发展了18世纪启蒙主义和19世纪浪漫主义的自由-人文主义思想，具有科学、理性和怀疑等特征。从16世纪起伴随着殖民扩张，欧洲开始构建文化身份并企图在全球构建欧洲文化霸权，显著特征是“文化一元论”，即强调文化有高低优劣之分，宣称欧洲强势文化必将在优胜劣汰的法则下击败并取代弱势文化。米歇尔·福柯在《词与物》中也强调：“人的实证认识受到认识主体的实证性限制，因而，限定性的时刻就消解在一个它所不可能加以逃避并且自身想成为绝对的相对性的游戏中。成为有限，这简直就是受制于一种透视性的法则，这种透视既允许某种领会，又防止这种领会成为普通的和明确的理解活动。任何认识都根植于拥有其历史的生命、社会和语言中。”特里·伊格尔顿在《英文研究的终结》中谈到了现代自由-人文主义成为解决帝国主义霸权之下的英国批评和反抗现代主义之间尴尬处境的有效方法，自由-人文主义成为早期资产阶级意识形态反抗晚期资本主义文化的野蛮现实的有力武器。

自由-人文主义只是资产阶级关于人的神话残留下来的痕迹，在马修·阿诺德的时代就采取了守势，到了现代已经处于被取代的历史过程当中。虽然经历了半个世纪，自由-人文主义仍然是支撑英文研究的主要意识形态并证实了其所具有的活力。当大英帝国的命运成为当务之急，人们确定的大英帝国文化的基石松动时，自由-人文主义就陷入了进退维谷的境地。

福斯特的小说大部分是在第一次世界大战前发表的，作品中的边缘中产阶级形象被放在以男权思想为主导的社会里进行考察，游离于男权社会，是被劝诫的对象。边缘中产阶级试图挣脱社会和不良习俗的束缚，反映了英国上层社会贵族精神的贫困和沟通的障碍。福斯特注意到了现代英国人精神世界的空虚，并通过中产阶级的“联结”而达到从一个充满仇恨、势利的权力压制的世界走向另一个和平的、爱的世界，实现人的肉体与精神统一，并最终达到从霸权、政治的文化空间转向自由-人文主义“联结观”所能展示的非政治、非现实的理想的乌托邦。巴黎大学著名人文学者雅克·霍根在其论著《福斯特的小说》中指出，福斯特创作的一个基本主题就是寻求个体的精神完整，精神完整是一个人和自我的内心的圆满交流并能够获得真诚而愉悦的心灵状态。一个人完成自我的圆满，达到精神完整的追求之路总是坎坷而且多灾多难的。福斯特小说中的中产阶级从"镇定自若、乐天知命、坚定并深深地眷恋着故土的乡下英国人变成了变化无常、脾气暴躁、居无定所、喜欢故作卖弄的英国人"①，中产阶级成了被讽刺和挖苦的对象。

福斯特终身未婚，厌恶不和谐的人际关系，而此时人际关系已不再受重视。福斯特讨厌人们把自己的精力投入到一些无谓的运动和事业中。福斯特追寻和谐的人际关系，他甚至认为如果在背叛国家和背叛朋友之间做出抉择，希望自己有勇气背叛祖国。福斯特关注人际关系，如在《霍华德庄园》中借主人公海伦·施莱格尔表达了相对于这个以电报和怒气所组成的外部世界来说，永远、永远最重要的是人际关系。人际关系在现实社会中总会面临种种困境，一旦我们单独把人际交往择出来，而非作为一种社会附属物考察，总觉得结果是很可怕的。人们互相总是无法理解，至多不过是似是而非或是一厢情愿；人们无法充分展示自己，哪怕是处在心甘情愿的状态；我们所谓的亲密无间无非只是将就凑合，彼此之间完全的了解只不过是幻梦一场。福斯特对人际关系持有悲观的态度。

福斯特认为，大英帝国所取得的荣耀和所面临的困境都能在中产阶级的优良品质和局限性中找到原因。福斯特在《英国性格琐谈》中强调，正如工人和农奴代表着俄国、武士代表着日本一样，中产阶级最能体现英国的民族性格。维多利亚时期中产阶级价值观和宗教观大行其道，是保守、压抑、勤勉、节制、严肃而又狭隘的②，中产阶级的性格直接决定了大英帝国的性格。福斯特笔下的边缘中产阶级形象总是在英国、意大利、印度寻找自我和人与人之间真诚的联结，对英国的传统观念和发育不良的心灵进行了无情

① Donald Read: *Edwardian England*, Oxford University Press, 1998, p.85.

② 金冰：《"维多利亚时代"的后现代重构》，载《当代外国文学》2007年第3期，第50页。

的讽刺和批判。

福斯特认为英国的中产阶级长着一颗“发育不良的心”，即“冷漠顽固、谨小慎微、求全责备、市侩实际、缺少幻想、虚假伪善，这些特点在任何国家的中产阶级身上都不难发现，但在英国它们却成了民族的特点”①。他在《英国人性格琐谈》中强调中产阶级是英国社会的核心，中产阶级直接脱胎于英国的公立学校制度。公学培养出来的中产阶级有发育良好的身体，十分健全的大脑，却没有发育良好的心，福斯特批判了这颗“发育不良的心”。福斯特作为一名典型的英国公学培养出来的精英知识分子，发现英国中产阶级的本质是“坚实、谨慎、能干、想象力贫乏、行动虚伪”，福斯特在作品中塑造了一系列形象来讽刺中产阶级的“发育不良的心”和不良品质。福斯特认为，中产阶级具有的这些品质不仅阻碍个人的全面发展而且危害社会交往的真诚、和谐，同时中产阶级作为大英帝国的具体执行者，使英国在国际交往中要么歧视其他民族，要么被其他民族误解。

为了解决大英帝国和中产阶级的弊端，福斯特创造性地提出了自由-人文主义的“联结观”作为解决方式。福斯特强调“联结”及其重要性：“在英国的这些乡村，不论什么地方你都可以持续而全面地观察生活，把其短暂的特性和其永恒的青春融入同一个梦想吧，联结吧，没有痛苦地联结，直到所有的人都成为兄弟。”②研究者也注意到了福斯特的这一特质，王佐良在《英国二十世纪文学史》中谈到英国文学的“品质”时提出了福斯特的联结观，认为英国二十世纪文学的一个重要品质就是人文主义，虽然不做悲天悯人的泛论，却能从实际出发具体地关心人的命运，其中最具有代表性的是福斯特的“只求能联系”③。著名翻译家谷启楠教授在谈到福斯特的短篇小说时指出，这些小说看似离奇，甚至荒诞，但都表现了重要和常见的主题，即文学作品中的主人公厌倦了世俗社会而逃往一个理想之地。这个理想之地可

---

① Norman Page: *E. M. Forster*, the Macmillan Press Ltd, 1987, p. 3.

② E. M. Forster: *Howards End*, Bantam Books, 1985, p. 230.

③ 王佐良、周珏良：《英国二十世纪文学史》，外语教学与研究出版社 1994 年版，第 934 页。

以是森林、大海、民风淳朴的乡村或另一个国度,甚至是“天国”。有些主人公成功逃离,有些回归到世俗生活。福斯特的作品中关注了人际关系、不同文化之间的关系、人与自然的关系、人与工业化的关系、不同种族之间的关系等等。福斯特体会到工业革命带来的人与人之间的冷漠与隔膜,始终关注人际关系以及这些人际关系背后隐藏的冲突、隔阂与分歧。同时福斯特指出英国中产阶级具有“坚实、谨慎、能干、想象力贫乏、行动虚伪”的性格特质,福斯特致力于边缘写作,认为人们应该排除所有的隔阂和偏见,追寻人类所具有的共通之处。

“联结”是福斯特边缘写作寻求和谐的途径,即通过与艺术、文化、宗教和自然的“联结”来寻求和谐,尽管“在英国公学那种令人窒息的气氛下,个体与环境格格不入,很难与其他人建立真正的‘联结’”①。福斯特的小说包含着维多利亚时期和二十世纪初期的矛盾统一,他的小说既有从容的自我个性,也有强烈的传统道德;既有结构上的复杂、思想的深刻,又有单纯的说教目的。福斯特在《现代的挑战》中明确了心中的“贵族主义”,这些理想中的贵族成员泛属各民族、阶级和时代,他们并不是所谓阶级地位或有势力意义上的主流权势贵族,而是生来敏感的并且体贴他人的、有勇气的人组成的精神贵族。他们代表着真正的人类传统并且只有少数人留于世。菲尔丁是福斯特眼中通过“联结”获得和谐且具有贵族精神的典型,具有福斯特推崇的贵族主义的特征。菲尔丁相信未来的世界属于通过友好相待和文化与智力方面的帮助去努力促进接触的人们,最终达到人类理想的境界。

福斯特的小说重点描述了大英帝国、城市化的英格兰以及英国的中产阶级形象。福斯特承认:“在那些遥远如梦的年代里受到的教育使我这个人性情温柔,而我为此感到高兴。”②福斯特在文学创作中塑造的边缘中产阶级有别于强硬的反中产阶级作家塑造的边缘主人公,福斯特笔下的边缘中产阶级是温和的、寻求“和谐”的。劳伦斯认为,福斯特在《霍华德庄园》中

① E. M. Forster: *Two Cheers for Democracy*, Edward Arnold Ltd, 1951, p. 53.

② 福斯特:《现代的挑战》,李向东译,花城出版社 1991 年版,第 39 页。

犯了一个几乎致命的错误,他在小说中赞美商业和商人,而“他们从来不是好东西”。福斯特在《弗吉尼亚·伍尔夫:瑞德讲座》中分析了伍尔夫的创作,并对其女权主义提出了不同的看法,认为表达女权主义思想的《一间自己的房间》是伍尔夫最具代表性的作品,女权主义思想遍布伍尔夫的所有作品。伍尔夫认为,社会是由男子驾驭的,而男子的注意力都停留在了流血、牺牲、发号施令上,福斯特认为这就未免偏颇,他认为伍尔夫的极端女权主义里“有些东西是很陈旧的”①。同时伍尔夫也注意到了福斯特的温和的边缘写作,1927 年在《福斯特的小说》中提出福斯特专注于“种族延续”②主题,通过死亡来逃避现实,是寻求和谐的边缘作家。福斯特笔下的边缘人物是通过“联结”来寻求“和谐”的,显示出福斯特与强硬的反中产阶级作家之间的分歧。

第二节　与艺术“联结”寻求和谐

艺术是福斯特边缘写作寻求和谐的重要途径。福斯特在《为艺术的艺术——在美国艺术文学院的演讲》中强调“我信仰为艺术的艺术”③,并声称“艺术是唯一的不受外界污染的东西”。麦克·詹姆斯认为福斯特的小说“只有艺术性,没有思想性”④,从一个侧面说明了福斯特对文学作品艺术性的追求。

艺术曾经是人们生活的重要组成部分,记录着人们的生活,并对人类社会的发展起到了不可磨灭的重要作用,即黑格尔所说的绝对使命和最高存在。福斯特认为秩序不是外部强加之物,而是一种从内心衍生的东西,它寻求内心的平衡和富有生命力的和谐。福斯特把人类世界的秩序分成了四

① 爱·摩·福斯特:《弗吉尼亚·伍尔夫》,引自瞿世镜编选,《伍尔夫研究》,上海文艺出版社 1988 年版,第 18 页。

② Woolf Virginia: *Contemporary Writers*, The Hogarth Press, 1965, p. 230.

③ 福斯特:《现代的挑战》,李向东译,花城出版社 1991 年版,第 72 页。

④ James McConkey: *The Novels of E. M. Forster*, Ithaca, 1983, pp. 2 – 5.

类,即社会政治秩序、天文秩序、宗教秩序和艺术秩序,而艺术是秩序的明证。福斯特在艺术的世界找到了通向最高精神世界的钥匙,在作品中通过与艺术的“联结”来寻求和谐。

《天使不敢涉足的地方》中的阿博特小姐和菲利普带着母亲交给的任务从英国来到了意大利,但在剧院艺术的氛围中,忘记了自己的身份、任务和使命,把剧院想象成了在英国的家。阿博特小姐在剧院中,和其他观众一样欣赏着歌剧的美;菲利普也忘记了使命和身份,甚至忘记了自我,完全沉浸在艺术的世界中,这时的他已经不是来自英国的客人,因为他的心一直在艺术的旋律中,把歌剧院想象成了自己的家。

《看得见风景的房间》中的露西也通过艺术和这个世界联结了起来。露西始终沉浸在艺术的海洋中,觉得现实的生活总是乱糟糟的,但当她一打开钢琴,就进入了一个扎实和宁静的世界。在艺术的世界中她不再需要百依百顺和屈尊俯就,也不再是个叛逆者或奴隶,在艺术的世界中露西是绝对自由的,她甚至能根据自己的内心把贝多芬几支悲怆的奏鸣曲弹奏成胜利和欢快的。露西弹奏的曲子也具有重要的象征意义,小说第十五章午餐后,塞西尔请露西弹钢琴来消遣。得知乔治要来,露西就弹奏了歌剧《阿尔米德》中的男主人公雷诺出场时的音乐,并拒绝了塞西尔要求改弹《柏西发尔》的要求。乔治一出场,露西就弹奏起了这首曲子,此刻露西成了阿尔米德,乔治成了阿尔米德的恋人雷诺,有很强的象征含义,艺术把这对恋人联结了起来,最终他们也顺利地结合在了一起。

《印度之行》中作为穆斯林和被殖民者而被双重边缘化的阿齐兹在诗歌之中找到了和谐,阿齐兹、哈米杜拉和阿里讨论是否能和英国人交朋友,哈米杜拉和阿里“已经谈及永无休止的政治问题,阿齐兹不由自主地走进了哈米杜拉的花园,翠绿的金香木散发出醉人的清香。此刻,几行波斯文的诗句出现在阿齐兹的脑海里”①。诗歌艺术成为阿齐兹的重要精神壁垒。

与艺术的联结是福斯特联结观的一个重要组成部分。福斯特认为,英

① E. M. 福斯特:《印度之行》,杨自俭、邵翠英译,译林出版社 2013 年版,第 9 页。

国社会的主流中产阶级并不关心艺术，男士没有精力和时间关心艺术，女人也不肯单独从事艺术创作活动，这要归因于英国公学的风气，中产阶级在艺术上的无知是举世闻名的，盛行不学无术的风气。福斯特认为，艺术是人类内在灵魂的最壮美的物质表现和延伸。他认为，尽管有时候我们需要去把艺术唤醒，但无论是在创造者的心灵里还是在观众或读者的心灵里，艺术本能都是永恒存在的。福斯特强调，艺术可以把经验的对立性事物以及那些困惑着我们的力量变得协调和谐起来，艺术具有重要的作用。

福斯特对艺术家也提出了具体的要求。他认为艺术具有新颖和鲜活的特征，只有能够反映艺术家的活力和广阔视野的作品才是一部杰作。创造力处于文明的中心，是艺术家全部特性的一种能动的表达。真正的艺术家应该拥有一个开阔的视野，去感受、体验不同的生活并平静地不带偏见地表现出来。因为真正的艺术家都是艺术的阐释者，他们应该拥有广阔的视野和旺盛的生命力并能在具体的文学创作中反映或折射出来，在这个过程中，艺术品也具有了能被改造的特质。总之，福斯特认为，生活就是一个不断追求知识的过程，生活的主张和目的就是创造美和欣赏美，是为了追寻心中神圣的爱，和艺术联结是福斯特边缘写作实现和谐的重要途径。

第三节　“联结”不同的文化与宗教寻求和谐

一、“联结”不同的文化寻求和谐

1871 年英国人类学家爱德华·泰勒认为，从更宽泛的意义上讲，文化是一个包括艺术、道德、知识、法律、习俗、信仰和任何其他作为社会成员获得的能力和习惯的复杂整体。1977 年雷蒙·威廉斯在《马克思主义与文学》中指出，文化过程应被理解为具有确定的主导特征的文化体系。福斯特认为“文化是个令人生畏的名词”[①]，并追寻阿诺德提出的文化理想，即消除错

① 福斯特：《现代的挑战》，李向东译，花城出版社 1991 年版，第 53 页。

误、清理混乱和减轻不幸的愿望，采取行动、帮助他人和乐善好施的冲动，要把世界改造得比我们出生时更好更快活的崇高理想。福斯特在《现代的挑战》中提到："在我们英国，文化不是官方的，而是国民的：它从我们对事物的领悟方式，以及传统看法里自然而然地萌生，慢吞吞地、自由自在地、悠悠然然地成长发展。英国式的对自由的爱好、英国式的乡巴佬味、英国式的庄重与伪善，英国式古怪荒诞、温和的理想主义，还有不至令人讨厌的追究穿凿，所有这些构成了我们的文化——虽非十全十美，却也称得出类拔萃。"① 福斯特在具体的创作中，在性的政治视野和异质文化相交叉的领域中审视女性的情感和性，通过不同文化的联结寻求和谐。

德国接受美学家伊瑟尔在《虚构与想像：文学人类学疆域》一书中提出，文学是塑造文化现实的一种很重要的决定性手段。美国学者施瓦布认为，文学即文化交往的行为。在全球化的大趋势下，文化身份问题愈加引起学界的关注。文化身份主要诉诸文学和文化研究中的民族本质特征和带有民族印记的文化本质特征，跨文化语境下的文学探讨具有某个民族的文化背景的人在另一民族的土壤中如何维系自己的文化身份。

福斯特的小说再现了维多利亚末期到20世纪20年代英国社会的方方面面，三个地点形成了福斯特创作中英国的形象：福斯特的曾祖父亨利·桑顿生活的克拉彭康芒的巴特西高地的私人别墅、1883年到1893年福斯特和母亲生活的赫特福德郡的鲁克斯纳斯特以及1904年福斯特游历的古罗马时代修筑的防御工事废址威尔特郡的菲格斯伯里环形地。福斯特大学毕业以后，游历了意大利（1901年）、希腊和土耳其（1903年）、印度（1912年）、埃及（1915年）以及南非（1929年）的很多国家，1905年短居德国并担任家庭教师一职，多次重访意大利和印度。旅居生活的经历呈现在了他的文学创作中，亚历山大港及相关书写是他成熟的标志。福斯特的旅居生活、国外的自然风光和自由文化传统让他有了跨文化的视角。福斯特从英国、意大利、德国、埃及到印度，试图在英国农耕文化、地中海古希腊文化、印度

① 福斯特：《现代的挑战》，李向东译，花城出版社1991年版，第16～17页。

的伊斯兰教和印度教的“联结”中寻求和谐，寻求跨文化的“联结”。“意大利、歌德和席勒时代的德国、埃及和印度文化构成了福斯特精神世界的第三个支点，使他将自由－人文主义思想探索推到了高峰。”①福斯特的长篇小说，包括两部英国小说《最漫长的旅程》和《霍华德庄园》、两部意大利小说《天使不敢涉足的地方》和《看得见风景的房间》、一部东方小说《印度之行》，福斯特的写作以边缘的姿态谋求着精神主体的身份建构，福斯特堪称践行文化联结的代表。

《天使不敢涉足的地方》是一部典型的意大利小说，以英国和意大利为背景，展示了两个国家不同的理念和生活方式，即沉闷、虚伪的英国和热情奔放的意大利。英国社会进行公学教育，致力于培养绅士和代表精英文化的中产阶级。英国社会中奉行严格的等级观念，为了避免和与地位低于自己的人谈话而失了身份，在公开场合英国人很少与人交谈，轻蔑地对待比自己身份地位低的人。赫里顿太太住在索斯顿镇，镇上的居民为了维持这种虚荣感一生都在讨自己不爱的人欢心，并对其不关心的事情做出牺牲，胜利的人会对失败者采取一种居高临下的仁慈的态度，索斯顿的居民根本就没有自己的人生追求。赫里顿太太也是这种价值观的践行者，她身上这种轻蔑的态度体现为对荣耀感的追求，她认为“骄傲是她性格中惟一实在的成分。她不能忍受看上去不如别人慈善”②。意大利和英国形成了鲜明的对比，福斯特借菲利普表达了对意大利的喜爱和赞美。菲利普喜欢和向往意大利，认为凡是游览意大利的人都会变得纯净和高贵，因为意大利是世界的游憩胜地，也是世界的学校。菲利普认为，莉莉娅去意大利是值得赞赏的，虽然她是一个极端无知、艺术品位极低的平庸之人，但是投入到意大利的怀抱会让她得到净化和高尚，菲利普始终坚信她去意大利是新生活的开始。菲利普对意大利满腔热情，却经常取笑英国的读书俱乐部、辩论会、轮换式

① 陶家俊：《文化身份的嬗变——E. M. 福斯特小说和思想研究》，中国社会科学出版社 2003 年版，第 5 页。

② E. M. 福斯特：《天使不敢涉足的地方》，马爱农译，人民文学出版社 2009 年版，第 87 页。

桥牌比赛和义卖活动,两者形成了鲜明的对比。英国文化和意大利文化的“联结”也充满着各种不理解:莉莉娅和吉诺因语言不通导致出现交流的困境。莉莉娅不会意大利语,吉诺不会英语,他们之间的对话混杂着英语和意大利语,阿博特小姐还要在他们之间充当翻译,交流很困难。吉诺结婚后开心地向朋友炫耀,娶了个英国贵族做妻子,妻子很有钱并且是黄头发。斯皮里蒂奥却认为:“哦,这帮英国人! 一天到晚忘不了茶。把一公斤一公斤的茶塞在汽车后备箱里。他们笨得要死,总是把茶装在最顶上。太可笑了!”[①]莉莉娅与吉诺的婚后生活也遇到了跨文化交流的问题,发生了很多不快,福斯特这时评价道,他们之间谁都没意识到这种争吵不仅是个性化问题,更是英国和意大利民族文化的差异,文化“联结”以失败而告终。

西方人一直认为,欧洲文明即“西方文明”具有某种独特的历史优越性,某种种族的、文化的、环境的、心灵上的或者精神上的特质;[②]认为第一个真正的人是欧洲的克罗·马尼昂,农业在基督教圣地问世,野蛮文明也是在那里发生,真正的文明仍然是从雅典到罗马,到巴黎,到伦敦,也许从那里扬帆远航走向纽约,[③]这种文化的优越性在《印度之行》中尤为明显。《印度之行》是现代文学的经典作品,这部小说不仅是关于印度的,更是关于整个人类的,小说关注的是在这个混乱和繁杂的世界上人类试图寻找一个对人类的秩序和稳固具有意义的文化基础,既是精神性的存在同时也是物质世界的缩影,试图表现一个至今仍不被人们理解的困境。《印度之行》的标题来自于1871 年美国诗人惠特曼的诗歌,寓意为人类将通过“联结”结合在一起,体现了福斯特寻求联结的思想。《印度之行》涉及文化和宗教联结的问题,小说囊括了英国人、英印人和印度人,塑造了刚到印度的基督教徒穆尔夫人和阿德拉女士、包括穆尔夫人在印度任殖民法官的儿子朗尼在内的在

---

① E. M. 福斯特:《天使不敢涉足的地方》,马爱农译,人民文学出版社 2009 年版,第 52 页。

② 参见 J. M. 布劳特:《殖民者的世界模式》,谭荣根译,社会科学文献出版社 2002 年版,第 1 页。

③ 参见 J. M. 布劳特:《殖民者的世界模式》,谭荣根译,社会科学文献出版社 2002 年版,第 4 页。

印度殖民的英国人、印度教徒戈德博尔教授和伊斯兰教徒阿齐兹以及他们多元的文化背景，而印度内部又因宗教信仰即印度教和伊斯兰教的差异存在着文化交流的障碍。

福斯特在《小说面面观》中强调，情节属于更高一级的价值内容，是美学意义整体的有机体，是小说讲求逻辑因果并按照一定顺序排列的、围绕主题巧妙组织的事件。福斯特在《印度之行》中创造性地将思想与情节结合起来，通篇贯穿了英印之间“艰难的联结”主题，文化联结的线索是穆尔夫人、阿德拉女士、菲尔丁和阿齐兹的联结。福斯特为主人公艰难的联结安排了一个美好的开端：穆尔夫人与穆斯林医生阿齐兹在“清真寺”初步建立友谊，阿德拉在菲尔丁举办的茶会上结识阿齐兹和印度教徒戈德博尔教授，菲尔丁与阿齐兹也相遇了，他们跨文化的交往有一个良好的开端。穆尔夫人、阿德拉女士和菲尔丁初到印度时，感觉美妙极了，但这种美妙感很快就消失了。英国和印度之间不同的文化背景带来了很多烦恼、苦闷与失落，给人们之间的和睦相处带来了很多的障碍。

菲尔丁是福斯特心目中理想人物的代言人，但菲尔丁也认为在印度是没有隐私的，与印度人平等交往是不可能的。阿德拉怀着与印度人平等交往的目标来到印度，但她很天真无知，把阿齐兹想象成了印度的代言人。基督教徒阿德拉听特顿夫人说，伊斯兰教规定一个男子最多可以娶四个妻子，想到阿齐兹可能有几个妻子，就突兀地问阿齐兹是“只有一个妻子，还是有几个妻子”，表现出阿德拉对印度、对穆斯林是极度无知的。而阿德拉对阿齐兹的控告似乎在确认，这种充满恐惧和种族主义的控告暗示了土著的世界是混乱的、邪恶的，帝国的存在是正当且合理的，应当维持英国在印度的殖民统治。殖民官朗尼认为，英国人来到印度就是制定行为规范的，是不需要和印度人交流的。阿齐兹因为把背部领扣送给菲尔丁导致领子松动时，朗尼认为虽然阿齐兹从领带别针到鞋罩整体穿着是高雅的，但是忘了扣背部领扣，这就代表了印度民族性格的劣根性，从一个背部领扣这样的小事就上升到了印度文化的劣根性上。

英国社会进行公学教育，致力于培养绅士和代表精英文化的中产阶级。

英国社会奉行严格的等级观念,为了避免与地位低于自己的人谈话而失了身份,在公开场合英国人很少与人交谈,轻蔑地对待比自己身份地位低的人。英国的社交规则要求他们彼此之间保持距离,而在印度根本没有隐私。印度人乐于向他们喜欢的人表示友情,阿齐兹特别重视菲尔丁邀请他去喝下午茶,菲尔丁却不喜欢阿齐兹的过分好客。阿齐兹遵循东方人的传统,把好客当成了亲密。福斯特评价阿齐兹安排两位英国女士浏览马拉巴山洞时说,这是一个卑贱的印度青年对殖民者献殷勤的机会,这是所有印度人都渴望去做的,他们之间并不能平等相待,阿齐兹把她们当作主子来服侍。菲尔丁主持的茶话会象征着福斯特的文化联结理想,穆尔夫人、阿德拉和菲尔丁是英国人、西方人,阿齐兹和戈德博尔是印度人、东方人,穆尔夫人是基督教徒,阿齐兹是伊斯兰教徒,戈德博尔是印度教徒,阿德拉和菲尔丁是无神论者,不同国家、人种和文化代表不同宗教和信仰的人们。但最终穆尔夫人和阿德拉谈及印度的月亮时,传来了一个快乐的声音:如果愿意可以到地球的另一面去,但是地球的另一面也还是那个老月亮。这个人再也没有出现过,而是一边讲着特别友好的话,一边却穿过红砖柱子走进了黑暗之中。这个人的出现具有象征意义,他的出现和消失预示着穆尔夫人和阿德拉想“了解真正印度”的愿望注定是失败的,英印文化的“联结”注定是不成功的。

劳伦斯认为,福斯特并不“理解”他的印度,印度对他来说是负面的。[①]特里莎·胡贝尔认为福斯特有其局限性,在《印度之行》中将印度女性描绘得非常苛刻,福斯特笔下的印度女性都是不讨人喜欢的,如泼妇似的女妖、心烦意乱的老处女、只会咯咯笑的傻瓜或是有各种怪癖的老妇,在福斯特的笔下这些女主人公的出路只有一个——结婚。小说第七章阿德拉和朗尼第一次同意解除婚约时出现了一只绿鸟,它具有特殊的象征含义。这只绿鸟出现得很短暂,谁也不知道是什么鸟,但是它已经消失于印度的天空。英国文化与印度文化是不同的,英国人认为绿鸟象征着印度的混乱。英国人乐

① 参见哈里·莫尔:《劳伦斯书信选》,刘宪之、乔长森译,北方文艺出版社1994年版,第240页。

于掌握知识，科学理性地给事物命名，用已经掌握的有限经验将陌生转化为熟悉，并将这些工具作为获得和维持权力的手段，所以英国人坚持给事物记上标记，将西方的理性原则实施于东方，而印度人的形象思维认为，标记会使人看不清重要的细节和差异而注重感觉，绿鸟揭示了英国人追求秩序与印度本身混乱的、无法掌握的不相容性。

“发育不良的心”是福斯特在散文《英国人性格琐谈》里提出的英国人性格上的缺陷。福斯特这样定义“发育不良的心”：“冷漠顽固、谨小慎微、求全责备、市侩实际、缺少幻想、虚假伪善，这些特点在任何国家的中产阶级身上都不难发现，但在英国它们却成了民族的特点。”[①]《阿宾哲收获集》中福斯特说了著名的一段话，英国人的性格是不完备的，事实上任何民族的性格都不会是完备的。只能在世界上这一部分民族中寻找一些优点，在另一部分民族中寻找另外一些优点，并把两者结合起来。结尾处福斯特又再次强调，各个民族应该互相加强了解，在没有政府的干预下，地球会渐渐变小。人类作为一个整体，有其发展的统一性和共性的内在要求。所以在跨文化交流中，要通过分享和增进人类的共同经验，化解各种文化间的误读和误解，并实现真正的文化联结。

福斯特的一生经历了多种文化的冲突，包括乡村英国和城市英国、欧洲文化和东方文化、英国文化和印度文化以及边缘的自由-人文主义和主流的帝国文化之间的冲突，福斯特作品中的世界是一个宽广的世界。福斯特在文学创作中，终极目的是要形成人与人之间的对话和交流以达到文化认同，能够排除不同文化的分歧，体现对世界的终极关切，并能创作一个联结起来的世界文学。福斯特倡导的不同文化的联结观，总体来说就是要让作为一个整体的世界文化，让不同国家、地区和民族能够互相依赖，形成真正的联结。

---

① Norman Page: *E. M. Forster*, the Macmillan Press Ltd., 1987, p. 3.

二、“联结”不同的宗教寻求和谐

福斯特在文学创作中关注了不同宗教的联结,尤其是《印度之行》中印度教和伊斯兰教的联结,在反抗英国殖民的整体观照下具有特殊的意义。

福斯特在《印度之行》中塑造了一系列穆斯林形象。小说中的穆斯林形象代表是阿齐兹、穆罕默德·阿里和哈米杜拉,其中阿齐兹和穆罕默德·阿里比较激进,经常对印度教和英国殖民者出言讽刺;哈米杜拉是印度人中受过高等教育的代表,态度较为平和。

阿齐兹是一个外科医生,毕业于医学院,对自己的职业着了迷,懂得科学。阿齐兹的妻子是一个印度教徒。虽然与妻子一起生活很多年,但阿齐兹对印度教及印度教徒并不了解。在妻子去世以后,虽然他还在想着漂亮女人,但未做出越轨行为,以免给孩子们带来耻辱,所以他的行为一直规规矩矩的。阿齐兹计划了马拉巴山洞之行,正是这次旅行使他差点成了所谓的强奸犯,此后的审判过程促成了印度各方的联合。阿齐兹的梦想是有一天修建一座清真寺,在寺旁立个墓碑,并刻上波斯语的碑文:“啊,我离人间久矣,玫瑰花盛开,春天更美丽,然而深知我心灵的人们——一定会来拜谒埋葬我的墓地。”①

穆罕默德·阿里只知道“英印人”②,他始终认为所有的英国女人都傲慢无礼,都可以用金钱收买。他经常抱怨、嘲笑印度教徒和英国殖民者,对到英国俱乐部参加联谊会持嘲弄态度,后来他饶有趣味地看到了英国俱乐部的礼仪——俱乐部这个圣殿具有莫大的吸引力,回去后他就着力讲述招待会上愚蠢可笑和粗暴无礼的笑话。

哈米杜拉曾留学英国,在英国剑桥大学取得学位,是昌德拉普尔的首席律师,和英国人有很多交往,后期菲尔丁吃饭、住宿都在哈米杜拉家里。哈

---

① E. M. 福斯特:《印度之行》,杨自俭、邵翠英译,译林出版社 2013 年版,第 15 页。

② 英印人指在英国出生而久居印度的人,1911 年印度政府决定用“英印人”代替“欧亚混血人”指混血后裔。

米杜拉参加了紧急委员会，委员会由著名人士（有民族主义倾向的人士）组成，成员有印度教徒和伊斯兰教徒，此外还有两个锡克教徒、两个袄教徒、一个耆那教徒和一个本地基督教徒。他们互相表示爱护，以改变原来不正常的关系。只要英国人离开印度，这个委员会也就消失了，并没有取得建设性的成绩。

对于有没有可能和英国人结为朋友这个问题，阿齐兹不以为意，穆罕默德·阿里认为不可能，哈米杜拉则认为可能，但双方都保留了许多意见，所以他们内部没有发生任何冲突。

小说具体地描写了穆斯林与印度教徒的冲突与合作。小说描写穆斯林较多，描写印度教徒较少，多是通过穆斯林之口来叙述相互之间的关系。阿齐兹认为印度教徒很懒惰，不懂社会交往，家里很肮脏。阿齐兹对印度教徒是很反感的，只有伊斯兰教才是他的精神家园。阿齐兹认为印度教徒像苍蝇一样集结成一团，事事都严守秘密。阿齐兹和菲尔丁谈论了印度教的黑天。阿齐兹认为根本没法和印度教徒交流，认为他们是很奇怪的。庆祝博爱的牧牛神黑天圣诞的庆典上阿齐兹说道：“啊！你们已经听说过阿克巴尔的名字。很好。你们以后会见到哈米杜拉，他会告诉你们阿克巴尔是世界上最伟大的人物。我说：‘是的，阿克巴尔是很了不起，但他是半个印度教徒，不是一个真正的穆斯林。’……阿克巴尔创立了新教代替了神圣的《古兰经》，可从来没有忏悔过。”①阿齐兹一再强调宗教的独立性，认为各自信仰各自的宗教，这样最好，没有任何东西能把全体印度人联结在一起。小说中，不同宗教的人们真的很难相互了解，不论他们生活在一起多长时间。印度教徒和穆斯林互不理解，很难达成共识。

小说中的其他穆斯林人物也有类似的表述，比如哈克先生认为：“一切疾病都是从印度教徒身上生出来的。”②赛依德·穆罕默德到阿拉阿巴德和乌贾因这两个地方赶过庙会，他用讽刺、轻蔑的言辞描述阿拉阿巴德到处有

① E. M. 福斯特：《印度之行》，杨自俭、邵翠英译，译林出版社 2013 年版，第 140 页。
② E. M. 福斯特：《印度之行》，杨自俭、邵翠英译，译林出版社 2013 年版，第 98 页。

流水，印度教徒在河上筑起堤坝，成千上万的人在里面沐浴，把病菌都积留在水里。他带着厌恶的感情谈到那灼人的太阳，谈到牛屎，还有金盏花，此外还讲到印度教圣人的营帐。有些圣人竟一丝不挂地在大街上大摇大摆地行走。伊斯兰教什叶派在斋节的时候与印度教徒发生了冲突。昌德拉普尔的伊斯兰教徒扎的纸楼又高又大，不能从菩提树下经过，于是伊斯兰教徒爬上菩提树并砍断了树枝，这一举动引发了宗教冲突。市长特顿组织双方代表团组成了调解委员会，伊斯兰教徒坚持走另一条路线，印度教徒坚持把纸楼扎得矮小一些，双方始终相持不下。

随着马拉巴山洞事件对阿齐兹的审判，在印度教徒和穆斯林之间达成了一个协议，经过谈判，提出了友好相处的主张，双方都表达了相互体谅的真诚愿望。纳瓦布巴哈达为阿齐兹提供了所需的费用，他宁肯毁掉自己也要保全这个"清白无辜的穆斯林"①。其他与之相关的人没有纳瓦布巴哈达的声望，但是都在暗地里支持。清洁工人举行了大规模的罢工，昌德拉普尔二分之一的马桶无人倒；伊斯兰教的许多女教徒已经绝食，"不宣布这个阿齐兹无罪，她们宁肯饿死"②。

经历了马拉巴山洞事件，阿齐兹对印度教和印度教徒的看法发生了根本的转变，开始思考印度的命运问题。阿齐兹认为是英国的殖民统治造成了印度的被压迫，所有的印度人必须团结起来反抗英国的殖民统治。庭审结束后，阿齐兹赞扬了印度教徒，并且来到印度教徒的聚集区茂城当起了医生，还主动参加印度教徒的宗教仪式。为了使印度摆脱英国的殖民统治，阿齐兹要团结一切可以团结的力量。阿齐兹在病榻上背诵了一首印度著名诗人迦利布的诗："并不是战斗的呐喊，而是镇静、自信的表露。这种自信来自：印度是一个国家，是穆斯林的国家，印度过去一直是一个国家。"③在小说的结尾，阿齐兹大声地向菲尔丁宣布："印度应该成为一个独立的国家！

① E. M. 福斯特：《印度之行》，杨自俭、邵翠英译，译林出版社 2013 年版，第 210 页。
② E. M. 福斯特：《印度之行》，杨自俭、邵翠英译，译林出版社 2013 年版，第 211 页。
③ E. M. 福斯特：《印度之行》，杨自俭、邵翠英译，译林出版社 2013 年版，第 99 页。

任何外国人都应该赶出去！印度教、伊斯兰教、锡克教以及所有的宗教应该结成一体！万岁！印度万岁！万岁！万岁！"[①]小说为我们描绘了一个跨文化交流的美好景象，整个世界都沉浸在快乐之中，仿佛所有的问题都能迎刃而解，而实际上，这只是一个美好的愿望。最后阿齐兹强调，只有当把所有的英国殖民者都赶走，人们才能成为真正的朋友，实现真正的文化交流。

通过解读《印度之行》中的印度教徒、穆斯林和基督教徒，福斯特明确了只有在相互平等的条件下，才能实现"联结"，实现真正的跨民族、文化和宗教的交流与融合。

第四节　与自然"联结"寻求和谐

尤金·哈贝马斯在《现代性的哲学话语》中强调："现代化概念指的是一系列累积的、相互强化的过程：资本的形成和资源的集中；生产力的发展和劳动生产力的增加；中央化政治权力的建立和民族身份的形成；政治参与权、城市生活的形成和正式教育的增生；价值和标准的世俗化；等等。"18世纪末华兹华斯写道："人世俗务过分繁重；起早摸黑挣钱花钱。"[②]福斯特在《我的信仰》中强调："在这被宗教歧视和民族歧视撕裂的世界，愚昧奴役着一切，而科学，它本应主管世界，却堕落成拉皮条的帮闲。"[③]福斯特认为："科学的进步意味着官僚化与专家治国论的发达，结果社会与国家将彼此不分。"[④]"人与自然之间的矛盾的真正解决"还必须是"人和人之间的矛盾的真正解决"，"要正确面对人与自然、人与社会更重要的是人与人之间矛盾的解决"[⑤]。"我们似乎日益沉溺于文化、社会、技术、媒体和生产消费仪典的形式中，但付出的代价是丧失了自己的精神生活。"[⑥]托马斯·卡莱尔认为，

① E. M. 福斯特：《印度之行》，杨自俭、邵翠英译，译林出版社2013年版，第323页。
② 阿伦·布洛克：《西方人文主义传统》，董乐山译，三联书店1997年版，第157页。
③ 福斯特：《现代的挑战》，李向东译，花城出版社1991年版，第1页。
④ 福斯特：《现代的挑战》，李向东译，花城出版社1991年版，第65页。
⑤ 王诺：《欧美生态文学》，北京大学出版社2003年版，第10页。
⑥ 鲁枢元：《生态批评的空间》，华东师范大学出版社2006年版，第807页。

自由放任的经济政策导致了人的机械化，行动的自暴自弃的无为主义和自由放任政策是所有这些痛苦的根源，福斯特对文明极度不满——对他知道的有关人际交往的最美好的文明的不满，这种极度的不满使他与D. H. 劳伦斯更接近。“如果你放弃了传统文化，你就失去了连接工作和休闲的机会，那么你的生活就会支离破碎。”[①]福斯特说：“我童年的时候，世界上还没有无线电广播，没有汽车；再早些时候连电报铁路都没有，更早的时候连邮政都没有。不能方便地与他人交通信息就很难干涉他人。过去的社会散漫自在，在这散漫里艺术家活跃兴旺。”[②]工业化引发了人们精神的空虚和思想的麻木，维系人们之间的纽带变成了“现金交易”。

福斯特处在一个新旧世纪交替的时期，这是一个人类精神与文明处于危机的时期。阿恩海姆提出了“异质同型说”，即在人与自然的联结中物质的物理活动机制与人体的生理活动机制、人的心理活动机制之间存在着“同一性”的关系。自然界的万物都是自然长期作用的结果，表现为“力的结构”或“力的图示”，其“不仅在于它对那个拥有这种结构的客观事物本身具有意义，而且在于它对于一般的物理世界和精神世界均有意义”。[③] 福斯特创作的一系列作品重新审视人类文化，进行文化批判，探索人类思想、文化、社会发展模式如何影响甚至决定人类对自然的态度和行为，如何导致环境的恶化和生态的危机及人与人关系的不断异化。在福斯特的小说里科学和技术并不能真正解决问题，自然才能给人真正的和谐，自然描写主要出现在“联结”的语境里。《看得见风景的房间》中的弗雷迪，对周遭事物的表现尤其是对姐姐露西的婚姻毫不关心而痴迷于医学。《天使不敢涉足的地方》中的吉诺是意大利牙医的儿子，但他并未能拯救莉莉娅，最终还使莉莉娅的命运更加悲惨。《莫瑞斯》中的莫瑞斯“想要一个使他在社会上得到保证，肉

① E. M. Forster: *Two Cheers for Democracy*, *A Harvest Book Harcourt*, Brace & World, Inc., 1951, p. 51.

② 福斯特：《现代的挑战》，李向东译，花城出版社1991年版，第65页。

③ 鲁道夫·阿恩海姆：《艺术与视知觉》，滕守尧、朱疆源译，中国社会科学出版社1984年版，第625页。

欲有所削弱,并为他生儿育女的女性”[①],为了把自己从同性恋的状态中解脱出来而寻求医学的帮助,尝试通过催眠术这种现代科学技术来治疗,但以失败告终,于是认同了自己的同性恋身份。《印度之行》中的阿齐兹是典型的“英印人”,是受过良好教育医术精湛的外科医生,但最终也无法逾越英印之间的鸿沟。可见,福斯特认为,工业和科学技术的飞速发展造成了人的异化,只有回归到大自然中,才能获得真正的和谐。

福斯特在《最漫长的旅程》中对比了城市生活和乡村生活。城市生活限制了里基的生命力,日复一日,睁开两眼就是灰蒙蒙的天空和周边同样灰蒙蒙的一切,走在柏油马路上,一排排连起来的住宅毫无生命力。里基眼中的城市文明就是这个样子,人们之间的关系很冷漠,邻居彼此间都不认识,毫无活力而言。另一面是自然的象征,麦丁莱河岸旁边的小山谷,只有瑞士或挪威般大小,里基认为可以在旁边挂上“通往天堂的路”的牌子,因为充满了生机和活力。在这个小山谷,可以想干什么就干什么,无论做什么都会变得如古希腊般神圣,因为这个小山谷是如此有生机和活力,里基切实地感受到了这一点。城市生活与自然生活形成了鲜明的对比。

福斯特《看得见风景的房间》中,原始自然的意大利文明引起了他强烈的共鸣。小说中描述道:“男人们有的抡着铁锹,有的端着筛子,在河边的沙滩上干活,下面就是河,河面上有条小船,船上人也在忙碌,吃不透他们在干什么。一辆电车在窗下疾驰而过。车内除了一位游客外,并无他人;但是平台上却挤满了意大利人,他们都宁愿站立。好几个小孩试图吊在后面,售票员在他们脸上啐唾沫,不过没有什么恶意,只是要他们松手便了。”[②]小说中塞西尔像“中世纪的塑像”,乔治却像“米开朗基罗的雕塑”。乔治第一次亲吻露西时和四周的紫罗兰花海相得益彰。露西和乔治周围是大片的紫罗兰花海,这一大片花海像瀑布似的充满了整个山坡,蓝蓝的一大片,形成一个小坛并铺满了整个草地。这片花的海洋就是露西和乔治爱的发源地,是他

---

① 爱·摩·福斯特:《莫瑞斯》,文洁若译,文化艺术出版社 2002 年版,第 197 页。

② E. M. 福斯特:《看得见风景的房间》,巫漪云译,上海译文出版社 2007 年版,第 17 页。

们爱的象征。而当乔治亲吻露西的时候,花海边一个棕色的身影打断了他们,巴特利特小姐打破了宁静并高喊露西。这么美好的景象被一个黑乎乎的身影打断了,这也象征着巴特利特小姐不仅打断了他们此刻的亲吻,还成为他们今后爱情生活的重要障碍。而这片由紫罗兰组成的爱的花海成为露西和乔治爱情的象征和发源地,充盈着美并产生了爱,紫罗兰花海中的吻是那么的自然和谐,与此形成鲜明对比的是露西和塞西尔的亲吻。塞西尔要亲吻露西,首先郑重其事地问了露西并得到了许可,一切都准备好才亲吻。而在这本来应该很美好的时刻,一切却显得荒唐可笑,露西只是郑重其事地掀开了面纱,塞西尔一面迎上去内心却希望停止这一荒唐的行为,而当塞西尔终于接触到了露西的面颊时,塞西尔的金丝边眼镜滑到了他们之间,瞬间结束了亲吻。通过明显的对比可以看出,来自意大利的乔治是自然的化身,深受传统思想束缚的露西与之结合就是与自然的结合,而最终露西拒绝了塞西尔的求婚而和乔治结合在了一起。

《霍华德庄园》中多次描述美好的大自然,表达了作者回归自然、感悟自然的倾向。霍华德庄园是美好自然的象征,它本身是从农场转变而来的封建制度的产物。霍华德庄园连同它的树桩、草坪、山榆树都具有象征性,象征着美好的大自然。霍华德庄园位于伦敦的郊区,由红砖建成,房前屋后遍布着橡树、榆树、梨树、苹果树、无毛榆,四周还有生机勃勃的麦田和草地,空气十分的清新和甜美。霍华德庄园象征着作者对美好大自然的向往,在这里人与自然达到了最和谐的相处状态。研究者认为霍华德庄园是一个理想乐园,同时也是福斯特童年美好生活的再现。小说中同样提到了美好的英国,英国如同珍珠,在舰队的护卫下驶向远方,英国朝气勃勃,属于那些缔造它的人。

福斯特在《印度之行》中有大量的对自然的描写,但他是在以西方为中心的价值观下来审视印度并处理其环境的。小说的第一章,作家具体地描写了大自然中的昌德拉普尔。昌德拉普尔完全不像是一个城市,而是大片大片森林中的几间茅舍,四周的树木觅得了阳光和空气,长得很高,甚至遮住了贫民窟和庙宇,树木具有比其他生命更旺盛的生命力,这些树木成了这个城市的主宰。福斯特比较了昌德拉普尔的英国人和印度人的行政区和居住区:英国人的行政区处于昌德拉普尔的高地,俯瞰着城市,是经过精密的计算建起来的,居住在这里的英国人美化着这个城市。印度人的居住区随意堆积着垃圾,没有任何的雕塑和绘画作品,甚至居住区里的人和树都像是用泥巴做成的,没有任何的生机和活力,一切都是那么的卑微、败落、单调而毫无生气。这两个地区形成了鲜明的对比,它们是分割开来的,除了头顶上那片天空之外,英国人与印度人的居住区再也没有任何共通之处。

对自然的描写也有很强的象征作用。福斯特对印度大自然的描写颠覆了人类中心主义,描写了很多其他生物。印度的动植物和谐共生,是分不清室内室外的,到处遍布着蝙蝠、老鼠、黄蜂、小鸟、苍蝇、树木,在印度所有动植物都是能对话和沟通的,所有的生物都值得人们去关注,体现了福斯特的与自然联结的美好愿望。穆尔夫人初来印度,怀揣着美好的联结愿望。在穆尔夫人眼中印度的一切都是美好的,她看到了清真寺、恒河和满天星斗的时候,由衷地觉得这里很美,是她一直向往的地方,是能和宇宙结合在一起的地方。其中有一细节描写,穆尔夫人仰望天空,月亮发出淡黄色的光配合着周围微微的紫红色,非常美丽。在穆尔夫人眼中,英国的月亮距人很远并且一直黯淡无光,而印度的月亮却能与大自然和宇宙融为一体,她感到了万物的和谐亲切之美,获得了一种奇妙的新鲜感。穆尔夫人由此得出结论:在印度看到的月亮要比在英国看到的美。在小说第三章的联谊会上,穆尔夫人和阿德拉注视着网球场,这时她们感到东方失去了古老的美丽,不再是动人的画卷,而是变成了沉落的深谷,表现了她们对联谊会的失望,曾经美好的东方失去了光彩,只剩下了神秘和混乱。同时作家描写了联谊会上头顶盘旋的风筝和掠过的大秃鹫,天空具有很强的象征含义。因为天空是公正的,除此之外别无指望。

马拉巴山洞事件是小说的核心和关键所在,福斯特赋予马拉巴山多层的象征含义。《印度之行》出版十年以后,作家强调借助于一场无可解释的混乱即阿德拉在山洞中的经历来表现印度本身就是不可解释的混乱的存在。小说中描述马拉巴山洞事件为,阿齐兹犯了罪或许是恶意的诬陷,或许是出现了幻觉，而这正是作家倾向的观点。作品中马拉巴山是神秘的，这些巨石主体变化甚微，好像是历来如故，但它们突兀地拔地而起，错乱无序，完全失去了协调性，充满了神秘感。对马拉巴山洞的描写深化了作品的主题。对马拉巴山洞的描写是带有肉体感官色彩的细节描写，并完美地结合了女性子宫的象征含义。马拉巴山洞的内部是它的皮肤，比情人的皮肤更富有肉感美，激发了渴望征服印度的殖民者的欲望。点亮的火焰照在山洞光滑如镜的洞壁上，形成了一对情侣的影子，两个火焰接触并“亲吻”了，但很快熄灭了，这种赤裸裸的肉欲使身为基督徒的穆尔夫人失去了身心的平衡，她感受到了马拉巴山的女性子宫的象征意味，瞬间昏厥了。

作家认为《印度之行》不仅仅是政治的，而是比政治更广阔的东西，是人类对于永恒的家的追寻，是东西方文化的融合，更确切地说，是哲理的、诗意的。人类跨文化的追求在小说中得到了完美的实现，人与自然融为了一体。一切悲伤都被赶走了，整个世界沉浸在欢乐之中，就好像世界上从来没有疾病，没有怀疑，没有误解，更没有残忍和恐惧。

福斯特在《莫瑞斯》中赋予彭杰庄园深刻的寓意。莫瑞斯从较低的那一头进入这座庄园，从篱笆的裂缝钻过去。他再度想到这片地何等荒芜，多么不宜把人分成等级，或规定将由谁支配未来。夜幕即将降临，一只鸟儿叫了，一些动物在慌慌张张地窜来窜去。他加快了步伐，一直走到瞧见池面发出微光为止，这些景物描写暗示了莫瑞斯和阿列克最后在大自然中获得了幸福，找到了归属。

自然尤其是鸦巢在福斯特的成长过程中也起到了很关键的作用。1893年福斯特在肯特郡的汤桥中学读书期间在别墅的鸦巢居住，结识了农夫之子并产生了朦胧的同性恋意识。福斯特自己说道，如果一直在鸦巢生活，他很可能结婚，成为正常的普通人。由此可见，鸦巢代表了他对理想社会的想象，在这个想象的世界，他是以异性恋的身份出现的。现实生活中，福斯特的埃及之行使他能够正确地认识自己，并决定找到自己处事的方式，做自己，爱人也爱人性，认同了自己隐匿的同性恋身份。但安塞尔和鸦巢成为他创作中和自然相关的重要意象。

福斯特看到了工业文明带来的危机,并在作品中写道,人的真正本质在这个常规化了的现代外部世界里泯灭了。福斯特从人道主义立场指责英国资产阶级道德观念的虚伪与局限,希望通过改造资产阶级道德观来改造社会。他指出,人的自然感情是神圣的,人与人之间的合理交往、真诚联系是完美生活的要素。《现代的挑战》的译者李向东认为:“个人主义对于福斯特来说,具有独特的深刻的内容。它意味着摒弃人与人之间因种族、阶级、国籍、政治、党派、宗教信仰造成的集团对立,共同回归到人性相通之点,彼此忠诚信赖。‘如果我非得在背叛祖国或者背叛朋友之间二者择一的话,我希望我有勇气背叛祖国。’作者当然不是劝人卖国,但他提醒我们,在这世界之上,仍有一些基本而重要的东西,是超出政党、国家、主义之上而存在的。真诚的个人主义者,在其广延的意义上,意味着人类主义。”①福斯特在小说的创作中特别强调人与人之间联系的重要性,认为不同种族、宗教、阶层的人们应该放弃歧视,通过爱联结起来,呼吁人们跳出经验的狭隘范围,寻求人类的共同之处。作为维多利亚时代个人主义者的代表,福斯特始终关注私人关系,随着工业社会私人关系日渐冷漠,福斯特停止了小说创作转而从事文艺批评。

福斯特强调不同阶层和不同文化之间的接受和理解,唯有“联结”是贯穿福斯特整个创作的主题思想,也是其追求的理想。福斯特屡次声言,他写作的目的是“要使人们互相谅解以求得和谐一致,个人与个人,阶级与阶级均应如此……”②。福斯特试图通过“联结”来寻求和谐,最后还是以失败而告终。虽然福斯特倡导平等和谐、人类之爱,但骨子里仍然从文化霸权主义、英国中心主义和欧洲中心主义的狭隘眼光来处理问题,福斯特的自由-人文主义“联结观”最终只是一个虚构的乌托邦理想。

---

① 福斯特:《现代的挑战》,李向东译,花城出版社 1991 年版,第 136 页。

② 索天章为 E. M. 福斯特著、巫漪云译的《看得见风景的房间》(上海译文出版社 2007 年版)所作的“译本序”,第 3 页。

结　论

福斯特在《现代的挑战》中强调："就气质而言，我是个人主义者；就职业而言，我是作家；我写的书强调人与人的关系和个人生活的重要性，因为我信赖这些东西，除此之外我不具备任何专门知识。"[①]作为文学评论家，福斯特的《小说面面观》极为盛行；作为小说家，福斯特只局限在知识分子读者中间，作品没有真正畅销过，19世纪和20世纪上半叶，后现代主义、后殖民批评也处于非主流、少数化的边缘地位，直到其长篇小说被陆续地改编为电影，才引起大众对福斯特的重新关注。

福斯特致力于描写边缘人物，塑造了一系列游离于英国中产阶级主导文化身份的边缘形象，他们大多为精神上的流浪者，具有很高的文化素养，以文化反叛的边缘人身份出现。英国女作家罗斯·麦考莱评价道："这些作品反映出一群优雅的、栩栩如生的人物——精致的、半老的淑女，自命不凡的或者无事烦恼的放肆的年轻人，感觉敏锐的或者习俗化了的少妇。这些人是他们时代和阶级中的佼佼者，但在作者的笔下却是一幅银笔画中文质彬彬的、值得讪笑的典型。"福斯特在作品中塑造的边缘中产阶级有别于强硬的边缘主人公，是寻求"和谐"的，一系列温和的寻求和谐的边缘中产阶级是福斯特区别于反中产阶级强势作家的重要标志。劳伦斯在读过《霍华德庄园》之后写信给福斯特，认为他犯了一个几乎致命的错误，福斯特在小说中赞美商人，而商业和商人从来不是好东西。福斯特在《弗吉尼亚·伍尔夫：瑞德讲座》中，分析了伍尔夫的创作并对其女权主义提出了不同的看法，

① 福斯特：《现代的挑战》，李向东译，花城出版社1991年版，第38页。

认为表达女权主义思想的《一间自己的房间》是伍尔夫最具代表性的作品，女权主义思想遍布伍尔夫的所有作品。同时伍尔夫也注意到了福斯特的温和的边缘写作，在《福斯特的小说》中提出福斯特专注于“种族延续”的主题，通过死亡来逃避现实，是寻求和谐的边缘作家。

福斯特的边缘写作源于其边缘思想。阿诺德·凯特认为：“福斯特有深刻而永恒的洞察力，他从不害怕大问题，也不屑于用虚伪的言辞来掩饰自己的疑虑和弱点，从而保护自己和顺应时代潮流。”①福斯特作为典型的英国中产阶级知识分子，自幼受到英国自由－人文主义的影响，“他的六部长篇小说大都表现了爱德华时代中上阶层的所感所想和生活态度”，再现了英国中产阶级的社会生活情况，反对帝国主义政策和专制统治，并拒绝信仰宗教。《我的信仰》中开篇就是：“我的信仰就是什么也不信。”“我认为我是一个无政府主义者，尽管手里什么武器也没拿。”“我不相信大人物，他们在自己的周围制造出千篇一律的沙漠，还经常制造出一片血的海洋；每当他们遭到惨败，我都会感到一阵小人物的快慰。”“如果我必须在背叛国家与背叛朋友之间作出抉择，那么，我希望我有勇气背叛祖国。”②

K. W. 格兰斯顿看到了福斯特的人生追求，即对艺术美的研究和人际关系的培育。福斯特在小说中着力描写各种各样的“人际关系”以及这种关系所连带的观念之间的矛盾，《我的信仰》明确写道：“我……声明我信仰私人关系。”③在《霍华德庄园》中福斯特借海伦之口说：“永远、永远最重要的是人际关系，而不是这个以电报和怒气所组成的外部世界。”④“我对大众没有什么特别虔诚的迷信，我只信仰个人。我觉得个人是神圣之物，一切鄙视个

① Kettle Arnold: *An Introduction to the English Novel (Volume Two)*, Hutchinson &Co., 1960, p. 163.

② 杨自俭：《关于重译〈印度之行〉的几个问题》，载《外语与外语教学》2003 第 5 期，第 50 ~ 55 页。

③ E. M. Forster: *Two Cheers for Democracy*, *A Harvest Book Harcourt*, Brace & World, Inc., 1951, p. 16.

④ E. M. 福斯特：《印度之行》，杨自俭、邵翠英译，译林出版社 2013 年版，第 326 页。

人的学说都为我所摈弃”①，福斯特始终关注人际关系以及这些关系的内涵。

福斯特被称为“自由－人文主义者”是“奥登一代的有意建构，他们发现福斯特的政治观点不同于许多其他男性现代主义者的右翼偏好——福斯特已经被视为传统笨手笨脚的和事佬而不是现代主义者”。福斯特的思想和创作受到19世纪英国精英中产阶级知识分子自由－人文主义思想的影响，始终以冷静的眼光观察人性。雅克·霍根关注到了福斯特创作的主题，即：“什么是精神完整？这是福斯特作品的基本主题。精神完整是一个人自我的圆满完成，达到真诚而愉悦的心灵状态。但精神完整的追求之路总是坎坷而多灾多难。”②王佐良先生在《英国二十世纪文学史》中谈道：“首先是它的人文主义。它不常作悲天悯人的泛论，却总能从实际出发关心人的命运。有些作家特别着重人与人之间的疏通，如E.M.福斯特曾说：‘只求能联系！’”③福斯特认为：“人文主义者有四个主要特征：一是好奇心，二是自由的思想，三是好的品味，四是对人类的信仰。”④英国批评家芭芭拉·罗斯克兰斯也注意到：“福斯特的小说都展示了一种对绝对价值的追求，这种追求在他早期的作品中表现为自我实现的人文主义理想……”心灵的自我完善是福斯特自由－人文主义思想的核心，也是其作品的灵魂。

福斯特的文学创作中反映了其思想观、价值观和宗教观等，始终关注来自不同阶层不同文化的人们寻求和谐的联结之路。福斯特始终坚持，人类除了自由的愿望之外还有爱的追求，而二者的结合即会促使人类去寻求和谐，人类的共同之处远比我们自己所承认的还要多，而只要不断强调这些共同的东西，人类便能和谐共处。福斯特在作品中表现了个性、阶级、种族的隔阂和偏见以及人们的生存困境，福斯特始终坚持自由－人文主义联结观，通过与自然、艺术以及不同文化的联结来寻求和谐的人际关系。在新时期，

---

① 福斯特：《现代的挑战》，李向东译，花城出版社1991年版，第41页。

② Jacques Heurgon: *Le roman de Forster*, Ditions Gallimard, 1935, p.300.

③ 王佐良、周珏良：《英国二十世纪文学史》，外语教学与研究出版社1994年版，第934页。

④ 苑辉：《爱德华·摩根·福斯特的人文主义思想探析》，载《辽宁教育行政学院学报》2004年第21卷第11期，第11页。

关注福斯特致力于通过“联结”寻求和谐的边缘写作具有重要意义。

福斯特的边缘写作有很大的局限性，这使得对福斯特边缘写作的研究也有着局限性，具体体现在：首先，福斯特作为中产阶级知识分子，受其家庭环境和所受教育的影响，边缘写作围绕着受过教育的中产阶级，没有深入到社会底层。其次，福斯特作为反帝国主义和自由－人文主义的代表作家，试图通过联结寻求和谐，但福斯特式的联结也是有弊端的，它折射出了欧洲中心论、英国中心论和男权中心主义思想。还有很重要的一点：作为小说家，福斯特在 91 年的人生中，一共创作了六部长篇小说，《印度之行》之后就停止了文学创作。究其原因，也许正如诺曼·佩基所说：“缺乏生活源泉、缺乏技巧上的创新，对自己已出版的小说和希望出版的小说之间的差距感到沮丧。”[①]福斯特自己也承认：“我之所以绝笔于小说写作，理由之一是社会变了。我写惯了旧的世界：家庭，家庭生活，平和徐缓的世界。然而，那一切已一去不返。至于新到来的世界，它可以吸引我思索探讨，但把其写成小说，对我来说，却是不可能的了。”[②]这时就要结合其自传、小说理论研究、短篇小说集以及福斯特长篇小说改编的电影，力争全面地研究福斯特。

① Norman Page: *E. M. Forster*, The Macmillan Press Ltd., 1987, p. 125.

② 福斯特：《现代的挑战》，李向东译，花城出版社 1991 年版，第 135 页。

参考文献

一、中文类：

作品：

[1]E. M. 福斯特. 福斯特读本[M]. 冯涛,等,译. 北京:人民文学出版社,2010.

[2]E. M. 福斯特. 福斯特短篇小说集[M]. 谷启楠,译. 北京:人民文学出版社,2009.

[3]E. M. 福斯特. 福斯特散文选[M]. 李辉,译. 天津:百花文艺出版社,1994.

[4]E. M. 福斯特. 霍华德庄园[M]. 苏福忠,译. 北京:人民文学出版社,2009.

[5]E. M. 福斯特. 看得见风景的房间[M]. 巫漪云,译. 上海:上海译文出版社,2007.

[6]E. M. 福斯特. 天使不敢涉足的地方[M]. 马爱农,译. 北京:人民文学出版社,2009.

[7]福斯特. 现代的挑战[M]. 李向东,译. 广州:花城出版社,1991.

[8]E. M. 福斯特. 小说面面观[M]. 冯涛,译. 北京:人民文学出版社,2009.

[9]爱·摩·福斯特. 小说面面观[M]. 苏炳文,译. 广州:花城出版社,1984.

[10]福斯脱. 小说与民众[M]. 何家槐,译. 上海:上海生活书店,1938.

[11]E. M. 福斯特. 印度之行[M]. 杨自俭,邵翠英,译. 南京:译林出版

社,2013.
[12]E. M. 福斯特. 印度之行[M]. 杨自俭,邵翠英,译. 南京:译林出版社,2003.
[13]E. M. 福斯特. 最漫长的旅程[M]. 苏福忠,译. 北京:人民文学出版社,2009.
[14]E. M. 福斯特. 莫瑞斯[M]. 文洁若,译. 上海:上海译文出版社,2009.
[15]爱·摩·福斯特. 莫瑞斯[M]. 文洁若,译. 北京:文化艺术出版社,2002.

专著:

[1]A. L. 巴沙姆. 印度文化史[M]. 闵光沛,陶笑虹,庄万友,等,译. 北京:商务印书馆,1997.
[2]阿伦·布洛克. 西方人文主义传统[M]. 董乐山,译. 北京:三联书店,1997.
[3]爱·摩·福斯特. 弗吉尼亚·伍尔夫[C]//瞿世镜. 伍尔夫研究. 上海:上海文艺出版社,1988.
[4]爱德华·W. 萨义德. 东方学[M]. 王宇根,译. 北京:三联书店,1999.
[5]萨义德. 文化与帝国主义[M]. 李琨,译. 北京:三联书店,2003.
[6]安德鲁·桑德斯. 牛津简明英国文学史(下)[M]. 谷启楠,韩加明,高万隆,等,译. 北京:人民文学出版社,2000.
[7]奥尔德里奇. 简明英国教育史[M]. 诸惠芳,译. 北京:人民教育出版社,1987.
[8]曹孚. 外国教育史[M]. 北京:人民教育出版社,1979.
[9]陈果安. 小说创作的艺术与智慧[M]. 长沙:中南大学出版社,2004.
[10]陈弘. 英国艺术家随笔[M]. 上海:东方出版中心,1999.
[11]程爱民. 20 世纪英美文学论稿[M]. 上海:上海外语教育出版社,2002.
[12]董翔晓,鲁效阳,谢天振,等. 英国文学名家[M]. 哈尔滨:黑龙江人民出版社,1984.

[13]冯季庆.劳伦斯评传[M].上海:上海文艺出版社,1995.

[14]弗吉尼亚·伍尔夫.论小说与小说家[M].瞿世镜,译.上海:上海译文出版社,1986.

[15]弗吉尼亚·伍尔芙.伍尔芙随笔全集[M].北京:中国社会科学出版社,2001.

[16]葛尔·罗宾,等.酷儿理论:西方 90 年代性思潮[M].李银河,译.北京:时事出版社,2000.

[17]哈里·莫尔.劳伦斯书信选[M].刘宪之,乔长森,译.哈尔滨:北方文艺出版社,1994.

[18]侯维瑞,李维屏.英国小说史[M].南京:译林出版社,2005.

[19]侯维瑞.现代英国小说史[M].上海:上海外语教育出版社,1985.

[20]侯维瑞.英国文学通史[M].上海:上海外语教育出版社,1999.

[21]加林.意大利人文主义[M].李玉成,译.北京:三联书店,1998.

[22]贾玉新.跨文化与不同文化之间的交际[M].上海:上海外语教育出版社,2007.

[23]姜飞.跨文化传播的后殖民语境[M].北京:中国人民大学出版社,2005.

[24]金冰.维多利亚时代与后现代历史想象[M].北京:北京大学出版社,2010.

[25]卡伦·霍尔奈.我们的内心冲突[M].上海:上海文艺出版社,1998.

[26]W. F. 康纳尔.二十世纪世界教育史[M].孟湘砥,胡若愚,译.长沙:湖南教育出版社,1991.

[27]克里斯托弗·考德威尔.浪漫主义与现实主义[M].薛鸿时,译.北京:三联书店,1988.

[28]昆汀·贝尔.隐秘的火焰:布鲁姆斯伯里文化圈[M].季进,译.南京:江苏教育出版社,2006.

[29]拉里·A.萨默瓦,理查德·E.波特.跨文化传播[M].闵惠泉,等,译.北京:中国人民大学出版社,2010.

[30]赖力行. 中国文学批评的传统与转化[M]. 长沙:湖南师范大学出版社,2008.

[31]李庚,许觉民. 中国新文艺大系(1976—1982)·理论一集(下卷)[M]. 北京:中国文联出版公司,1988.

[32]李公昭. 20 世纪英国文学导论[M]. 西安:西安交通大学出版社,2001.

[33]李建波. 福斯特研究[M]. 上海:上海外语教育出版社,2005.

[34]李美华. 英国生态文学[M]. 上海:学林出版社,2008.

[35]李维屏. 英国小说艺术史[M]. 上海:上海外语教育出版社,2003.

[36]李银河. 性的问题·福柯与性[M]. 北京:文化艺术出版社,2003.

[37]李银河. 性文化研究报告[M]. 南京:江苏人民出版社,2003.

[38]刘文荣. 19 世纪英国小说史[M]. 北京:中国社会科学出版社,2002.

[39]鲁·吉卜林. 野兽的烙印[M]. 文美惠,译. 上海:上海译文出版社,2008.

[40]鲁道夫·阿恩海姆. 艺术与视知觉[M]. 滕守尧,朱疆源,译. 北京:中国社会科学出版社,1984.

[41]鲁枢元. 生态批评的空间[M]. 上海:华东师范大学出版社,2006.

[42]罗钢,刘象愚. 后殖民主义文化理论[M]. 北京:中国社会科学出版社,1999.

[43]罗钢,刘象愚. 文化研究读本[M]. 北京:中国社会科学出版社,2000.

[44]S. P. 罗森鲍姆. 岁月与海浪:布鲁姆斯伯里文化圈人物群像[M]. 徐冰,译. 南京:江苏教育出版社,2006.

[45]S. P. 罗森鲍姆. 回荡的沉默:布鲁姆斯伯里文化圈侧影[M]. 杜争鸣,王杨,译. 南京:江苏教育出版社,2006.

[46]马祖毅,等. 中国翻译通史(全五卷)[M]. 武汉:湖北教育出版社,2006.

[47]米歇尔·福柯. 性经验史[M]. 佘碧平,译. 增订版. 上海:上海人民出版社,2002.

[48]摩尔. 伦理学原理[M]. 长河,译. 北京:商务印书馆,1983.

[49]诺思罗普·弗莱.批评的解剖[M].陈慧,袁宪军,吴伟仁,译.天津:百花文艺出版社,2006.
[50]潘一禾.西方文学中的跨文化交流[M].杭州:浙江大学出版社,2007.
[51]钱乘旦,陈晓律.在传统与变革之间——英国文化模式溯源[M].杭州:浙江人民出版社,1991.
[52]钱乘旦,陈晓律,陈祖洲,等.日落斜阳:20 世纪英国[M].上海:华东师范大学出版社,1999.
[53]钱乘旦.欧洲文明:民族的融合与冲突[M].贵阳:贵州人民出版社,1999.
[54]乔治·爱德华·摩尔.伦理学原理[M].长河,译.上海:上海人民出版社,2003.
[55]阮炜,徐文博,曹亚军.20 世纪英国文学史[M].青岛:青岛出版社,2004.
[56]阮炜.二十世纪英国小说评论[M].北京:中国社会科学出版社,2001.
[57]瑞恰慈.文学批评原理[M].杨自伍,译.南昌:百花洲文艺出版社,1992.
[58]萨义德.文化与帝国主义[M].李琨,译.北京:三联书店,2003.
[59]申丹,韩加明,王丽亚.英美小说叙事理论研究[M].北京:北京大学出版社,2005.
[60]斯坦利·罗迈·霍珀.信仰的危机[M].瞿旭彤,译.北京:宗教文化出版社,2006.
[61]陶家俊.文化身份的嬗变——E.M.福斯特小说和思想研究[M].北京:中国社会科学出版社,2003.
[62]特雷·伊格尔顿.二十世纪西方文学理论[M].伍晓明,译.西安:陕西师范大学出版社,1987.
[63]王尔德.奥斯卡·王尔德自传[M].孙宜学,译.北京:团结出版社,2005.
[64]王觉非.近代英国史[M].南京:南京大学出版社,1997.

［65］王诺．欧美生态文学［M］．北京：北京大学出版社，2003．
［66］王诜．世界著名作家访谈录［M］．南京：江苏文艺出版社，1991．
［67］王岳川．后现代主义文化研究［M］．北京：北京大学出版社，1992．
［68］王运熙，顾易生．中国文学批评史新编［M］．上海：复旦大学出版社，2001．
［69］王佐良，周珏良．英国20世纪文学史［M］．北京：外语教学与研究出版社，2006．
［70］王佐良，周珏良．英国二十世纪文学史［M］．北京：外语教学与研究出版社，1994．
［71］吴浩．自由与传统——二十世纪英国文化［M］．北京：东方出版社，1999．
［72］伍蠡甫，等．西方文论选［M］．上海：上海译文出版社，1988．
［73］萧乾．萧乾文集［M］．杭州：浙江文艺出版社，1998．
［74］亚理斯多德．诗学（修订本）［M］．罗念生，译．北京：中国戏剧出版社，1986．
［75］易红郡．从冲突到融合：20世纪英国中等教育政策研究［M］．长沙：湖南教育出版社，2005．
［76］殷企平，高奋，童燕萍．英国小说批评史［M］．上海：上海外语教育出版社，2001．
［77］于文杰．现代化进程中的人文主义［M］．重庆：重庆出版社，2006．
［78］余廷明．西方伦理与同性恋现象［M］．香港：东西文化事业公司，2002．
［79］约翰·洛克．教育漫话［M］．傅任敢，译．北京：教育科学出版社，1999．
［80］张北川．同性爱［M］．济南：山东科学技术出版社，1994．
［81］张悦然．鲤·上瘾．南京：江苏文艺出版社，2010．
［82］张中载，王逢振，赵国新．二十世纪西方文论选读［M］．北京：外语教学与研究出版社，2002．

论文：

[1]卞峰.论福斯特和他的短篇小说[C]//陈敬咏，章祖德.外国文学论集——世纪末的探索与思考.南京：译林出版社，1997.
[2]陈晨.论爱·摩·福斯特小说的象征手法[D].上海：上海师范大学，2014.
[3]陈佳佳.论福斯特小说的生态意识[D].无锡：江南大学，2013.
[4]陈洁.E.M.福斯特：从小说到电影[D].苏州：苏州大学，2006.
[5]陈凯.爱·摩·福斯特的长篇小说《霍华兹别墅》的象征主义技巧[J].福建外语，1990(3－4).
[6]陈兰云.福斯特叙事策略中的女性主义倾向——对《印度之行》的叙事学分析[D].石家庄：河北师范大学，2012.
[7]陈雷.中产阶级与浪漫主义意象——解读《最漫长的旅程》[J].外国文学评论，2006(2).
[8]陈丽沙.从女妖到女神：试析爱·摩·福斯特三部小说中的女性形象[D].上海：上海外国语大学，2011.
[9]陈巧.爱·摩·福斯特的自由－人文主义联结观的解读[D].重庆：西南大学，2007.
[10]陈钦.福斯特的死亡书写[D].南京：南京师范大学，2014.
[11]陈蓉.《霍华德庄园》中巴斯特形象的符号学分析[J].重庆广播电视大学学报，2013，25 (1).
[12]陈小菊.通往心灵之路——试析E.M.福斯特的《印度之行》[J].外国文学研究，1998(4).
[13]陈鑫.爱·摩·福斯特的小说《霍华兹别墅》中的象征艺术[D].石家庄：河北师范大学，2003.
[14]陈亚斐，周佩珩.论福斯特对本质主义话语的颠覆策略——以《霍华德庄园》为例[J].湖南社会科学，2012(6).
[15]程爱民.现实主义与现代主义的兼容并蓄——试论福斯特的《一间可以看到风景的房间》[J].南京师范大学学报，1989 (2).

[16]崔海杰.基于礼貌原则的《霍华德庄园》中的对话分析[D].成都:四川师范大学,2010.

[17]崔少元.文化冲突与文化融通——《印度之行》:一个后殖民主义读本[J].国外文学,2000 (1).

[18]崔燕.对爱·摩·福斯特《霍华兹别墅》中“连接”主题的探讨[D].合肥:安徽大学,2007.

[19]丁建宁.《印度之行》中的统一性[J].外国文学研究,1999 (2).

[20]丁明淑.从景物描写看《印度之行》的创作思想[J].国外文学,1982 (4).

[21]董洪川.走出现代人困境:“只有沟通”——试论福斯特小说创作中的人学蕴涵[J].重庆师院学报哲社版,2001(2).

[22]董艳,刘晓虹.混乱而神秘的世界里熠熠生辉的联结理想——解读福斯特的《印度之行》[J].安徽理工大学学报,2009, 11 (1).

[23]杜珍妮.《印度之行》的生态女性主义解读[D].烟台:鲁东大学,2012.

[24]段峰松.爱·摩·福斯特小说《看得见风景的房间》中的象征主义和节奏解读[D].无锡:江南大学,2010.

[25]段峰松.解析《看得见风景的房间》中“发育不良的心”的主题[J].考试周刊,2015(76).

[26]樊建红.被忽略的异化者——论《霍华德庄园》中的伦纳德·巴斯特[J].绍兴文理学院学报,2011, 31(2).

[27]樊建红.福斯特小说《霍华兹别墅》中伦纳德·巴斯特的异化[D].杭州:浙江大学,2005.

[28]樊金琪.透视《霍华德庄园》中的二元结构[D].广州:暨南大学,2010.

[29]樊英波.论《霍华德庄园》与《达洛维夫人》的“联结”主题——两部小说中联结主题的对比研究[J].外语学刊,2010(1).

[30]范慧玲.论E. M.福斯特小说中的性爱观[D].湘潭:湘潭大学,2008.

[31]冯文捷.他的秘密——解读福斯特小说中的隐性同性恋文本[D].上海:上海师范大学,2009.

[32]高莉.解析《霍华德庄园》中的节奏[J].电影文学,2010(7).
[33]高其蕾.E.M.福斯特短篇小说中的原型研究[D].苏州:苏州大学,2011.
[34]高婷婷.权势因素对礼貌原则的违背——《霍华德庄园》中的对话分析[J].佳木斯教育学院学报,2012(10).
[35]高怡.《霍华德庄园》中的生态意象解读[J].大家,2011(24).
[36]高怡.E.M.福斯特的理想与困境——论《霍华德庄园》和《印度之行》的“联结”主题[D].上海:上海外国语大学,2007.
[37]高莹.解析《霍华德庄园》对“进步”的忧虑[J].新西部,2015(24).
[38]葛建平,石云龙.一种情怀 一种“联结”——《霍华德庄园》的人本主义心理学解读[J].长沙铁道学院学报(社会科学版),2008,9(3).
[39]耿焱.阶级、性别和文化——论爱·摩·福斯特小说中女性的两难选择和身份/认同[D].大连:辽宁师范大学,2007.
[40]郭静.E.M.福斯特:生活与艺术中“连接”思想的实践者——对《霍华德庄园》全知叙事者的分析[D].北京:北京语言大学,2008.
[41]郭鹍.福斯特两部小说中的“他者”研究[D].青岛:中国海洋大学,2012.
[42]郭英剑.福斯特访谈录[J].外国文学动态,1998(4).
[43]韩殿秀.福斯特两部小说中的偏见及其透视[D].上海:上海外国语大学,2003.
[44]杭宏,范祥涛.从人本主义看《霍华德庄园》中的异化人物伦纳德·巴斯特[J].河北联合大学学报,2014,14(2).
[45]郝佳丽.论爱·摩·福斯特笔下的知识分子形象[D].青岛:青岛大学,2012.
[46]何双.福斯特小说中女性形象解读[D].南昌:南昌大学,2006.
[47]胡强,肖科苗.一部典型的“英国状况”小说——论福斯特《霍华德庄园》中的焦虑主题[J].外国语文,2010,26(5).
[48]胡云溦.福斯特小说《莫瑞斯》中的性取向建构[D].开封:河南大

学,2015.

[49]黄梅.《霍华德庄园》的婚姻寓言[N].中华读书报,2004-02-11.

[50]黄书钦.试析《看得见风景的房间》中的“发育不良的心”[J].科技信息,2008(4).

[51]黄书钦.同情女性主义的男作家:福斯特与其笔下人物[D].福州:福建师范大学,2008.

[52]黄曦.《霍华德庄园》中的居所背景对深化主题的作用[J].赤峰学院学报,2013,34(8).

[53]黄修齐.旅行·探索·分隔——爱·摩·福斯特小说特点初探[J].福建师范大学学报,1992(1).

[54]霍红宇.融合之旅·回家之路——论《印度之行》[J].上海师范大学学报(哲学社会科学版),2004, 33(2).

[55]纪康丽.主题与人物、情节的距离——评福斯特《霍华兹庄园》[J].外国文学研究,1996(1).

[56]江华.艰难的联结——E. M.福斯特小说潜含的现代性主题[D].南宁:广西民族大学,2010.

[57]姜礼福,石云龙.《霍华德庄园》生态批评视阈下的“和谐观”[J].四川教育学院学报,2006,22(5).

[58]蒋龙贺.和谐的呼唤——《霍华德庄园》中福斯特的生态意识解读[D].福州:福建师范大学,2010.

[59]蒋龙贺.追寻生命的完整——解读《霍华德庄园》中福斯特的个体生命价值观[J].安徽文学,2009(11).

[60]金冰.“维多利亚时代”的后现代重构[J].当代外国文学,2007(3).

[61]荆雅君.性别、阶级和种族——爱·摩·福斯特小说的空间研究[D].太原:山西大学,2012.

[62]鞠丽.小说《印度之行》及其改编同名电影中的审美抵抗意象[J].大舞台,2015(10).

[63]孔德鑫.爱·摩·福斯特的“联结”之行[D].上海:上海外国语大

学,2010.

[64]赖桂珠.寻求和谐——论《霍华德庄园》中福斯特的矛盾女性观[D].福州:福建师范大学,2012.

[65]雷玲玉.从东方主义角度析爱德华·摩·福斯特《印度之行》中的宗主国意识[D].成都:电子科技大学,2015.

[66]李公昭.小说批评与批评小说——兼论费德曼的《要就要不要拉倒》[J].解放军外国语学院学报,2001,24(5).

[67]李辉.走进福斯特的风景——兼谈巫译《看得见风景的房间》[J].书屋品茗,1997(6).

[68]李建波,唐岫敏.自由和爱心——福斯特意大利小说对"国际主题"的发展[C]//陈敬咏.走向21世纪的探索——回顾·思考·展望.南京:译林出版社,1999.

[69]李建波."联结"之荒诞:《通往印度之路》中的婚姻母题[J].外国文学评论,1993(2).

[70]李建波.互文性的呈示:E. M. 福斯特小说主题概观[J].外语研究,2001(4).

[71]李建波.跨文化障碍的系统研究:福斯特国际小说的文化解读[J].外国文学评论,2000(4).

[72]李娜.福斯特《霍华德庄园》的多重文化冲突和融合[J].作家,2015(16).

[73]李倩.从城市异托邦的角度看福斯特的两部意大利小说[D].贵阳:贵州师范大学,2014.

[74]李婷文.失败的"回归"——从生态批评的视角看《霍华德庄园》中巴斯特回归自然的尝试[J].鄱阳湖学刊,2012(5).

[75]李翔.解析爱·摩·福斯特意大利小说中的矛盾女性观[D].烟台:鲁东大学,2014.

[76]李新博.《印度之行》:福斯特对人类及世界的探索之旅[J].四川外语学院学报,2001,17(1).

[77]李秀娟.从焦虑理论解读《霍华德庄园》[D].重庆:重庆师范大学,2013.

[78]李扬.福斯特小说的女性主义解读[D].青岛:中国海洋大学,2010.

[79]李英.镜与空——有关福斯特的《霍华德庄园》与伍尔夫的《到灯塔去》之比较研究[D].武汉:华中师范大学,2002.

[80]李莹.浅析《看得见风景的房间》中英国中产阶级的精神困境与出路[J].安徽文学,2011(1).

[81]李忠华.漫长的旅程,艰难的连接——《最漫长的旅程》主人公评介[J].山东外语教学,1992(1-2).

[82]栗明敏.爱·摩·福斯特两部小说中联系思想的研究[D].上海:上海外国语大学,2006.

[83]栗明敏.对"过去"的联系——解读《霍华德庄园》中的乡情[J].甘肃高师学报,2011,16(4).

[84]林芸吉.教育与联结——《威廉·麦斯特的学习时代》与《霍华德庄园》文化传承主题比较研究[D].重庆:四川外语学院,2011.

[85]刘翠婷.对爱德华·摩根·福斯特小说中"边缘人"的解读[D].沈阳:辽宁大学,2013.

[86]刘丹翎.印度之行:通天塔的徒劳——对《印度之行》的"分裂"主题的分析[J].国外文学(季刊),2003(3).

[87]刘桂娥.论E.M.福斯特的差异与联结观[D].湘潭:湘潭大学,2007.

[88]刘苏力.福斯特虚无主义世界观的文化根源——解析《印度之行》[J].甘肃社会科学,2010(4).

[89]刘心武.谈边缘写作[J].中国现代文学论丛,2010(3).

[90]刘颖新.福斯特早期小说研究[D].上海:上海师范大学,2010.

[91]刘珠还.福斯特《印度之行》的主题[J].安徽师范大学学报,1986.

[92]鲁春.吉卜林与福斯特笔下的印度镜像[D].南昌:江西师范大学,2012.

[93]罗玲娟.福斯特小说的文化解读[J].辽宁行政学院学报,2006(9).

[94]骆文琳.迷惘与隔膜的《印度之行》[J].外国文学研究,1999(2).
[95]马丽荣.福斯特《印度之行》解读[J].西安外国语学院学报,2001,9(4).
[96]马媛媛.读福斯特的《印度之行》[J].河南商业高等专科学校学报,2005,18(6).
[97]梦杳.霍华德庄园[J].电影评介,2005(6).
[98]秘桂领.论福斯特的文化歧视《印度之行》的后殖民主义解读[D].保定:河北大学,2009.
[99]穆静.联结,冲突,融合——从后殖民角度解析福斯特的《印度之行》[D].济南:山东师范大学,2009.
[100]裴涛.福斯特自由-人文主义联结观的终结——对《印度之行》中文化霸权主义的解读[D].上海:华东师范大学,2009.
[101]仇中海.试析《霍华德庄园》中生态女性与生态意象的主题[J].短篇小说,2014(17).
[102]屈晓丽.《印度之行》与"交往"之旅[J].首都师范大学学报,2001(2).
[103]邵亚平.现代主义的两个版本:爱·摩·福斯特与弗吉尼亚·伍尔夫比较研究[D].上海:上海交通大学,2008.
[104]石智慧.论爱·摩·福斯特《莫瑞斯》中的同性恋形象[D].湘潭:湘潭大学,2012.
[105]司空草.《印度之行》与福斯特的埃及之行[J].外国文学评论,1994(1).
[106]宋佳昕.论析E.M.福斯特的"反传统"[D].南京:南京师范大学,2010.
[107]宋丽君.生态批评视角下的福斯特——人与自然的连接[D].青岛:中国海洋大学,2013.
[108]宋艳芳.寄生、共生还是对抗?——文学创作与批评的关系转变及当代英国"学院小说"[J].当代外国文学,2006(2).

[109]苏擘.作为文学理论新范式的批判心理学——《印度之行》的心理-政治解读[D].上海:上海外国语大学,2013.
[110]苏红.福斯特小说批评探析[D].沈阳:辽宁大学,2014.
[111]孙磊.解读福斯特《印度之行》中的东方话语[J].鸭绿江,2016(2).
[112]孙晓云,石云龙.扁平人物与圆形人物——试分析《霍华德庄园》的人物模式[J].中国校外教育,2009(3).
[113]孙学诗.爱·摩·福斯特的《霍华德庄园》的节奏研究[D].烟台:鲁东大学,2013.
[114]孙艳艳.从面对到逃避:爱·摩·福斯特非同性恋小说中的死亡意象探究 [D].杭州:浙江大学,2006.
[115]谭静静.《霍华德庄园》——一个检验马修·阿诺德文化理论的文本[D].长沙:中南大学,2007.
[116]谭黎.浅谈《印度之行》的情节[J].国外文学,1982(4).
[117]田歌华.英国国旗下的爱·摩·福斯特——《霍华德庄园》百年纪念[D].开封:河南大学,2009.
[118]涂凯.E.M.福斯特的《霍华德庄园》:一本知识分子的关怀小说[D].南昌:南昌大学,2008.
[119]汪涛.社会认同的冲突——评 E.M.福斯特的《印度之行》[J].湖北大学学报,2006,33(4).
[120]王菲菲.论《霍华德庄园》对自由人文主义的反思[J].成都师范学院学报,2015,31(4).
[121]王桂莲.发现真我:福斯特意大利小说中的希腊精神影响[D].武汉:华中师范大学,2009.
[122]王桂莲.国内福斯特研究十二年[J].科教文汇,2008(2).
[123]王国英,何江胜.试论《霍华德庄园》的生态女性主义思想[J].南昌教育学院学报,2008,22(3).
[124]王红霞.论爱·摩·福斯特小说中对自由的追求——从尼采哲学视角探析[D].烟台:鲁东大学,2012.

[125]王洪生.解读福斯特《最漫长的旅程》中里基的恋母情结[D].烟台:鲁东大学,2012.
[126]王家湘.爱·摩·福斯特[J].外国文学,1987(2).
[127]王丽亚.E.M.福斯特小说理论再认识[J].外国文学,2004(4).
[128]王林琳.爱·摩·福斯特音乐性节奏理论及应用初探[D].青岛:青岛大学,2013.
[129]王苹.《印度之行》中的生态诗学[J].四川外语学院学报,2006,22(5).
[130]王青青.生态女性主义视域下的《霍华德庄园》[J].河北理工大学学报,2010,10(4).
[131]王义兵,张晓辉.浅谈文化和谐因素下的象征写作技巧——爱·摩·福斯特作品赏析[J].时代文学,2008(2).
[132]王岳川."后理论时代"的西方文论症候[J].文艺研究,2009(3).
[133]王子健,袁文.基于女性角度解析《霍华德庄园》的人道女性主义[J].作家,2015(18).
[134]魏晓丹.福斯特对英国中产阶级的视野拓展[D].上海:上海交通大学,2006.
[135]文慧静.从《印度之行》看爱·摩·福斯特的思想文化观[D].杭州:浙江大学,2001.
[136]文蓉."最后一个英国人"的道德关怀——论《霍华德庄园》中的伦理主题[J].广西民族师范学院学报,2014,31(5).
[137]文蓉.《霍华德庄园》:追求失落的精神家园[J].绥化学院学报,2015,35(11).
[138]文蓉.论《霍华德庄园》中的圆形人物和扁平人物[J].广西民族师范学院学报,2015,32(2).
[139]吴冬月.翻译正道是顺译——以《霍华德庄园》的两种译本为例[J].语文学刊,2014(4).
[140]吴晶.福斯特小说中的自然意象及文化内涵[J].作家,2015(8).

[141]吴澜. 身份的错位,帝国的挽歌——福斯特和他的《印度之行》[D]. 武汉:华中师范大学,2006.

[142]吴明海. 试释英国公学的课程设置[J]. 高等师范教育研究,1999(4).

[143]肖帆,王小霞.《霍华德庄园》中作者的英格兰情怀[J]. 芒种,2014(18).

[144]肖科苗. 论爱·摩·福斯特《霍华德庄园》中的三种社会力量[D]. 湘潭:湘潭大学,2011.

[145]谢磊. 论爱·摩·福斯特小说中的"边缘人"形象[D]. 武汉:华中师范大学,2009.

[146]谢永琴. 解读二元对立视角下的《印度之行》[J]. 巢湖学院学报,2015,17(4).

[147]谢园玲. 爱·摩·福斯特的人物理论在《印度之旅》中的运用[D]. 成都:四川师范大学,2008.

[148]许娅. 单一反讽还是双重反讽?——论《霍华德庄园》对自由-人文主义全民文化观的深层反思[J]. 国外文学,2012(3).

[149]薛琳璐. 写作学视野下的《小说面面观》研究——兼及福斯特的小说创作[D]. 南宁:广西师范学院,2015.

[150]鄢恩露. 论《印度之行》中的原型,节奏与象征[D]. 成都:四川大学,2007.

[151]杨胜明. 文化旅行理论视野下的《印度之行》[D]. 长春:东北师范大学,2011.

[152]杨自俭. 关于重译《印度之行》的几个问题[J]. 外语与外语教学,2003(5).

[153]姚光蓉. 发现"心"真理之旅:福斯特小说《看得见风景的房间》的文化解读[D]. 武汉:华中师范大学,2006.

[154]姚建彬. 从多层级文本序列看福斯特在中国的形象变迁[J]. 中国文学研究,2013(1).

[155]姚依东. 福斯特自由人文主义思想的发展及其在小说中的体现[D]. 杭州:浙江大学,2007.
[156]一冰. S. 海恩斯评《福斯特传》[J]. 外国文学评论,1994(3).
[157]伊丽莎白·布兹. 风格大师 E. M. 福斯特[J]. 朱一勤,译. 世界文化,1988(6).
[158]殷企平. 福斯特小说思想蠡测[J]. 解放军外国语学院学报,2000,23(6).
[159]尹昉.《霍华德庄园》的原型解读[D]. 青岛:中国海洋大学,2014.
[160]尹锡南. 奈保尔:后殖民时代的印度书写[J]. 南亚研究季刊,2004(3).
[161]俞澄. 春天里的复苏——《霍华德庄园》的重生主题解读[J]. 时代文学,2012(6).
[162]郁达夫. 读劳伦斯的小说却泰来夫人的爱人[J]. 人间世,1935(14).
[163]袁维伟. 福斯特《霍华德庄园》的生态和文化解读[D]. 贵阳:贵州师范大学,2015.
[164]苑辉. 爱德华·摩根·福斯特的人文主义思想探析[J]. 辽宁教育行政学院学报,2004,21(11).
[165]苑辉. 谈《天使不敢涉足的地方 》"发育不良的心灵"的主题[J]. 辽宁工程技术大学学报,2004,6(5).
[166]苑丽娟. 福斯特《印度之行》中"回声"的解读[D]. 青岛:青岛大学,2010.
[167]岳峰. 冲突·融合·隔膜——《霍华德庄园》的"联结"主题解读[J]. 南昌大学学报,2006,37(1).
[168]岳峰. 多重文化之间的冲突与融合——《霍华德庄园》中的"联结"之解读[J]. 河北工程大学学报,2005,22(2).
[169]岳峰. 福斯特意大利小说中文化身份的嬗变[J]. 名作欣赏,2006(2).
[170]岳峰. 论"发育不良的心"主题在福斯特小说中的演变[J]. 南昌大学

学报,2005,36(6).
[171]岳峰.旅行写作与身份认同——E.M.福斯特小说中"联结"的最终尴尬[J].外国语文,2009,25(1).
[172]岳峰.文化身份的嬗变——E.M.福斯特小说的"联结"的最终尴尬[J].湖南科技学院学报,2005,26(4).
[173]岳峰.永无止境的灵魂之旅——E.M.福斯特小说的文化解读[D].苏州:苏州大学,2004.
[174]岳峰.殖民时代旅行写作与身份认同——E.M.福斯特《印度之行》的跨文化解读[J].河南社会科学,2007,15(2).
[175]张宝琳.对《霍华德庄园》中"联结"的解构主义解读[D].上海:上海外国语大学,2013.
[176]张福勇,秦勤.从小说《霍华德庄园》看英国的新型中产阶级[J].鲁东大学学报,2009,26(5).
[177]张福勇.解读E.M.福斯特的文学艺术观[J].天津外国语学院学报,2007,14(3).
[178]张福勇.论福斯特《霍华德庄园》的交响曲式复杂节奏[J].英美文学研究论丛,2015(1).
[179]张海华.让爱穿越文化的障碍——论福斯特《印度之行》的文化意义[C]//福建省外国语文学会2003年会暨学术研讨会论文集,2003.
[180]张洁.《霍华德庄园》中人物焦虑的霍妮式解读[D].重庆:重庆大学,2014.
[181]张婧.封闭的房间　开放的风景——E.M.福斯特的"意大利小说"中的二元对立[D].成都:四川大学,2006.
[182]张娟.论爱摩福斯特长篇小说中的死亡意象[D].南京:南京师范大学,2011.
[183]张丽.自我迷失与自我拯救——E.M.福斯特《印度之行》中的旅行主题[D].重庆:西南大学,2015.
[184]张柳珍.论E.M.福斯特小说中的边缘性人物形象[D].湘潭:湘潭大

学,2008.
[185]张梦淼.论德国文化对福斯特小说创作的影响——从《霍华德庄园》女主人公姓氏说开去[J].青年文学家,2011(9).
[186]张倩倩.福斯特小说《看得见风景的房间》中的文化思考[D].南京:南京师范大学,2007.
[187]张泉.《霍华德庄园》中的艺术联结思想探析[J].淮北师范大学学报,2011,32(3).
[188]张蓉燕.福斯特小说《印度之行》的哲学观[J].外语学刊(黑龙江大学学报),1991(2).
[189]张四维.福斯特小说的生态批评[D].南京:南京航空航天大学,2008.
[190]张婷婷.中心或边缘化的"他者"——从后殖民主义角度解读《印度之行》[J].吉林省教育学院学报,2015,31(10).
[191]张莹.论象征主义手法在《霍华德庄园》中的运用[J].福州大学学报,2009(5).
[192]张中载.《印度之行》不和谐的双声:反殖民主义与殖民主义话语[J].外国文学,2000(3).
[193]章国锋.哈贝马斯访谈录[J].外国文学评论,2000(1).
[194]赵爱青.福斯特的双重视角——《印度之行》的后殖民研究[D].长春:吉林大学,2008.
[195]赵丰年,陈屏.论福斯特"联结"主题在其宗教观上的体现[J].焦作教育学院学报,2002,18(4).
[196]赵辉辉.联结与隔阂——E.M.福斯特作品《印度之行》赏析[J].理论月刊,2002(2).
[197]赵景深.二十年来的英国小说[J].小说月报,1929(7-12).
[198]赵琪.对《霍华德庄园》的象征主义解读[D].上海:上海外国语大学,2007.
[199]赵姗.论《霍华德庄园》中福斯特的怀旧观和联结观[D].合肥:安徽

大学,2014.
[200]赵小希. 福斯特小说中的意象探寻[D]. 大连:辽宁师范大学,2013.
[201]赵晓坤. 论 E. M. 福斯特幻想小说的主题[D]. 天津:天津师范大学,2012.
[202]郑萍萍. 福斯特隐性的英国中心论——以他的三部小说为例[D]. 福州:福建师范大学,2012.
[203]钟. 关于爱·摩·福斯特的再追叙[J]. 世界文学,1994.
[204]钟震颖. 从跨文化角度解读福斯特的意大利小说[J]. 考试周刊,2008(8).
[205]朱静. 景中节奏——爱·摩·福斯特小说《看得见风景的房间》中节奏运用研究[D]. 保定:河北大学,2001.
[206]朱静. 论福斯特在中国的译介和接受——以国内几部通行的英国文学史为例[J]. 河北大学成人教育学院学报,2011,13(4).
[207]朱琪. 论福斯特作品中知识分子的困惑和出路[J]. 华东交通大学学报,2005,22(3).
[208]朱晓江. 分离的根源:对爱·摩·福斯特及《印度之行》的后殖民主义解读[D]. 上海:上海外国语大学,2007.
[209]朱新福. 美国生态文学批评述略[J]. 当代外国文学,2003(1).
[210]邹林凤. 论爱·摩·福斯特《最漫长的旅程》的地域空间意蕴[D]. 湘潭:湘潭大学,2012.

二、英文类:

[1] Arnold K. An Introduction to the English Novel(Volume Two)[M]. London: Hutchinson &Co. ,1960.
[2] Bachelor J. The Edwardian Novelists[M]. London: Gerald Duckworth & Co. Ltd. ,1982.
[3] Bailey Q. Heroes and Homosexuals: Education and Empire in E. M. Forster [M]. London: Twentieth Century Literature,2002.

[4] Bakshi P. The Politics of Desire: E. M. Forster's Encounters with India [M]. New Delhi: Pencraft International, 2005.

[5] Beauman N. E. M. Forster: A Biography [M]. New York: A. A. Knopf, 1994.

[6] Beauman N. Morgan: A Biography of E. M. Forster[M]. London: Sceptre, 1994.

[7] Beauman N. Morgan: A Biography of E. M. Forster [M]. London: Hodder&Stoughton, 1993.

[8] Bloom H. E. M. Forster: Modern Critical Views[M]. New York: Chelsea House Publishers, 1987.

[9] Bradbury M. The Social Context of Modern English Literature[M]. Oxford: Basil Blackwell&Mott Ltd., 1971.

[10] Bradshaw D. The Cambridge Companion to E. M. Forster[M]. London: Cambridge University Press, 2007.

[11] Christensen T. Bearing the White Man's Burden: Misrecognition and Cultural Difference in E. M. Forster's A Passage to India[M]. London: A Forum on Fiction, 2006.

[12] Claud J. Summers. E. M. Forster[M]. New York: Fredrick Ungar Publishing Co. Inc., 1983.

[13] Colmer J. E. M. Forster[M]. London: Routledge, 1983.

[14] Dowling D. Bloomsbury Aesthetics and the Novels of Forster and Woolf [M]. Hong Kong: the Macmillan Press Ltd., 1985.

[15] Edwards M. E. M. Forster[M]. London: Palgrave Macmillan, 2001.

[16] Forster E M. A Passage to India (Abinger Edition of E. M. Forster) [M]. London: Rosettabooks LLC, 2002.

[17] Forster E M. A Passage to India[M]. London: Penguin Classics, 2005.

[18] Forster E M. A Room with A View[M]. London: Penguin Classics, 2012.

[19] Forster E M. Abinger Harvest [M]. London: HBJ Book Harcourt

Brace,1964.
[20] Forster E M. Aspects of the Novel[M]. London: Penguin Classics,1980.
[21] Forster E M. Challenge of Our Time, Two Cheers for Democracy, vol. 11 of The Abinger Edition of E. M. Forster [M]. London: Edward Arnold,1972.
[22] Forster E M. Great Novels and Short Stories of E. M. Forster[M]. London: Carroll & Graf Publishers,1999.
[23] Forster E M. Howards End[M]. London: Bantam Books,1985.
[24] Forster E M. Howards End[M]. London: Classic Books,2000.
[25] Forster E M. Howards End[M]. London: Penguin Classics,2012.
[26] Forster E M. Maurice (Abinger Edition of E. M. Forster)[M]. London: Andre Deutsch Ltd.,1999.
[27] Forster E M. Maurice[M]. London: Penguin Classics,2005.
[28] Forster E M. The BBC Talks of E. M. Forster 1929 – 1960[M]. London: University of Missouri,2008.
[29] Forster E M. The Celestial Omnibus and Other Stories by E. M. Forster [M]. USA: Kessinger Publishing, LLC,2005.
[30] Forster E M. The Legancy of Samuel Bulter [M]. London: The Listener,1952.
[31] Forster E M. The Longest Journey[M]. London: Penguin Classics, 2006.
[32] Forster E M. The Machine Stops and Other Stories[M]. London: Macmillan Collector's Library,2012.
[33] Forster E M. Three Complete Novels Howards End, A Room with A View, Where Angels Fear to Tread[M]. London: Gramercy,1993.
[34] Forster E M. Two Cheers for Democracy, A Harvest Book Harcourt[M]. New York: Brace & World, Inc.,1951.
[35] Forster E M. Two Cheers for Democracy[M]. London: Edward Arnold Ltd.,1951.

[36] Forster E M. Where Angels Fear to Tread[M]. London: Penguin Classics, 2007.

[37] Furbank P N. E. M. Forster: A Life, Vol. 1, The Growth of the Novelist (1879 - 1914) [M]. London: Secker and Warburg, 1977.

[38] Furbank P N. E. M. Forster: A Life[M]. London: Faber, 2008.

[39] Furbank P N. E. M. Forster: A Life [M]. London: Oxford University Press, 1979.

[40] Furbank P N. E. M. Forster[M]. London: Harvest Books, 1994.

[41] Gillie C. A Preface to Forster[M]. New York: Longman, 1983.

[42] Heurgon J. Le roman de Forster[M]. Paris: Ditions Gallimard, 1935.

[43] Hewitt D. English Fiction of the Early Modern Period 1890 - 1940[M]. London; New York: Longman, 1988.

[44] Kermode F. Concerning E. M. Forster[M]. London: Farrar, Straus and Giroux, 2009.

[45] Lago M. E. M. Forster: A Literary Life[M]. New York: St. Martin's Press, 1995.

[46] Land S K. Challenge and Conventionality in the Fiction of E. M. Forster [M]. New York: AMS Press, 1990.

[47] Martin R K. Edward Carpenter and the Double Structure of Maurice in Jeremy Tambling[M]. London: Macmillan, 1995.

[48] Martland A. E. M. Forster: Passion and Prose[M]. London: GMP Publishers Ltd., 1999.

[49] May B. The Modernist as Pragmatist E. M. Forster and the Fate of Liberalism[M]. Columbia and London: Missouri University Press, 1997.

[50] McConkey J. The Novels of E. M. Forster[M]. New York: Ithaca, 1983.

[51] Medalie D. E. M. Forster's Modernism[M]. New York: Palgrave, 2002.

[52] Meyers J. Homosexuality and Literature, 1989 - 1930 [M]. Montreal: McGill Queen's University Press, 1977.

[53] Minchin J G C. Our Public Schools [M]. London: Swan Sonnenschein, 1901.

[54] Modern Critical Interpretations. E. M. Forster's A Passage to India[M]. New York: Chelsea House Publishers, 1987.

[55] Page N. E. M. Forster[M]. London: The Macmillan Press Ltd., 1987.

[56] Philip G. The Journals and Diaries of E. M. Forster. Volumes I – III[M]. London: Pickering and Chatto, 2011.

[57] Prakash L. Symbolism in the Novels of E. M. Forster[M]. Delhi: Seema Publications, 1987.

[58] Read D. Edwardian England [M]. London: Oxford University Press, 1998.

[59] Scott P J. E. M. Forster: Our Permanent Contemporary[M]. London: Vision& Barnes, 1984.

[60] Sedgwick E K. Between Men: English Literature and Male Homosocial Desire[M]. New York: Columbia University Press, 1985.

[61] Selected Letters. Volume Two[M]. London: Collins, 1985.

[62] Trilling L. E. M. Forster[M]. London: New Directions, 1971.

[63] Wilde A. Critical Essays on E. M. Forster [M]. Boston: G. K. Hall&Co., 1985.

[64] Woolf L. An Autobiography: Volume 1, 1880 – 1911[M]. Oxford: Oxford University Press, 1980.

[65] Woolf L. An Autobiography: Volume 2, 1911 – 1969[M]. Oxford: Oxford University Press, 1980.

[66] Woolf V. Character in Fiction[C]//Andrew McNeille. The Essays of Virginia Woolf. Vol. III. London: Hogarth Press, 1988.

[67] Woolf V. Contemporary Writers[M]. London: The Hogarth Press, 1965.

